「ほら!
本気で感じているときの君は、鎖骨のあたりまで真っ赤になるんだ」
イルゼはもう彼の言葉には反応できなかった。首の裏あたりに腕を回して、
ギュッと抱きつく。優しくしてくれると約束したはずなのに、嘘だった。

腹黒皇帝の意地っ張り花嫁溺愛計画

日車メレ

Vanilla文庫

腹黒皇帝の花嫁溺愛計画
意地っ張り

目次

イラスト／ＫＲＮ

プロローグ　針の筵《むしろ》の宮廷舞踏会

冬のはじまりの都は、これからはじまる厳しい季節を忘れてしまうほど華やかだ。

日が落ちたあとの目抜き通りには、豪華な四輪馬車が列をなしている。宮廷舞踏会へ向かう紳士淑女を乗せているのだろう。

紺色のドレスに身を包んだイルゼは、夜の町の様子を車窓からぼんやりと眺めていた。

「皇女殿下からいただいたそのドレス、よく似合っているよ。一年ぶりの舞踏会なんだから、楽しまなければね？」

きっとイルゼが乗り気ではないのが顔に出ていたのだろう。兄のフェリクスがそう言って励ました。

「ありがとう、お兄様」

イルゼのドレスは、現皇帝の妹である皇女マリアンネから贈られたものだった。

ブルネットの髪に闇色の瞳のイルゼには、落ち着いた色合いがよく似合っていた。たっぷりのフリルやアクセントの花飾りが可愛《かわい》らしい。

キリッとした瞳が目立つせいで、気が強そうだと言われてしまうことを気にしているイルゼだが、ドレスのほどよい甘さが彼女のその印象を和らげてくれる。

「忘れてしまえ。……イルゼはこれから、自由でいいんだから。今まで我慢していたことをいくらでもしていい立場なんだ」

フェリクスが忘れろと言っているのは、イルゼの婚約破棄についての一連の出来事だ。

フォラント伯爵家の娘であるイルゼは、今から三年前、十六歳のときグートシュタイン公爵子息ラウレンツと婚約した。

仲のよかったそれぞれの祖父同士が決めたものだった。

当時二十二歳のラウレンツは、外国語に堪能で知的な印象の若き外交官だった。彼はイルゼが社交界にデビューした直後、職務で隣国へと旅立った。

婚約者が隣国に赴任しているあいだ、イルゼは外交官の妻に求められる語学などの教養を身につける日々を送った。

数回しか会っていなかったので、ラウレンツと結婚するという実感はなかったものの、将来自分が彼と一緒に外国に滞在する機会もあると考えてのことだ。

けれど、そうはならなかった。

一年前——隣国バレーヌ国から帰国したラウレンツは、あちらで「真実の愛」を知り、恋人を作っていたのだ。

彼が外交官としての任期を終えた直後、侯爵邸で子息の帰国を祝う舞踏会が開かれた。

婚約者の心変わりを知らなかったイルゼは、彼のつれない態度にひどく傷ついた。

子息の思い人は隣国の名門一族の娘だという。祖父同士の仲がよかったというだけで、貴族としてはごく平凡なフォラント伯爵家との縁談よりも、侯爵家にとってはよほど良縁だったのだろう。

婚約に積極的だったそれぞれの祖父が、ラウレンツが隣国にいるあいだに相次いで亡くなってしまったこともあり、格下のフォラント伯爵家は、婚約をなかったことにしてほしいという申し出を無条件で受け入れるしかなかった。

貴族の令嬢として、社交界デビューをしてからの二年間を無駄にしてしまったことは悔やまれる。

その時点では仕方がないと諦めて、両親もイルゼも前向きに新しい良縁を望んでいたのだが。

「婚約破棄されても仕方がないほど可愛げのない令嬢……」

それが社交界でのイルゼへの評価だ。

社交界デビュー直後に何度かラウレンツと一緒に舞踏会に行った経験はあるものの、婚約者の不在中イルゼは男性のエスコートが必要となる華やかな場には出ていない。

皇女の話し相手として宮廷に出入りしたり、令嬢同士の茶会に参加するほかは、ひたすら勉学に勤《いそ》しんでいた。だから、イルゼの人柄を知る者は少ないはずだった。

「イルゼ！」

ほとんど表に出ていないのに、勝手に広まった彼女自身の評判を口にすると、フェリクスが声を荒らげた。

「大丈夫です。私を知りもしない方々の言葉では傷つきませんから」

半分強がりで、イルゼは笑って見せた。心配してたしなめてくれる家族がいるから、まだ前向きでいられる。

やがて、馬車が止まり、御者が扉を開く。

イルゼは兄の手を借りながら、ゆっくりと宮廷の正面エントランスへと降り立った。

皇女の話し相手として、時々この場所を訪れているイルゼだが、夜の宮廷――それも、煌々《こうこう》と明かりの灯《とも》された大広間を目にしたのは、これがはじめてだった。

酒と香水の香り、それから夜空の星々が霞《かす》むくらいの輝きを放つシャンデリア。鮮やかな正装に身を包んだ人々。

この場にいるだけで、自分までもがしっとりとした淑女になれたと勘違いしそうだ。

会場に入ると、フェリクスの友人たちが集まってくる。

イルゼの兄は軍人だが、そうは思えないほど温和そうな風貌で、明るく思いやりのある優しい青年だ。

「お兄様、せっかくの宮廷舞踏会なのですからどなたかとダンスを楽しんでいらして」

兄の友人たちに簡単な挨拶をしたあと、イルゼは兄から離れようとした。

「だが、イルゼを一人にするわけにはいかないだろう？」

「大丈夫です。だって私、あまり男性に顔を知られていませんもの。このままマリアンネ様のところへ向かいますから」

妹としては、兄には素敵な結婚相手を見つけてほしいという思いがある。

イルゼの婚約破棄騒動のせいで、フェリクスも良縁から遠ざかりそうなのである。

伯爵家には、毎回宮廷舞踏会に招かれるような力はない。せっかく皇女からもらったすばらしい機会を無駄にしてほしくないのだ。

だからイルゼは兄と友人たちに挨拶をしてから、その場を離れた。

皇族がこの会場に姿を見せるのは、おそらくまだ先だと予想できる。個人的な親交のあるイルゼならば、宮廷勤めの者に言えばどこかの部屋にいるマリアンネのところへ案内してもらえるはずだ。

イルゼは案内してくれそうな誰かを探し、大広間から回廊のほうへと歩きだす。

「おぉ、これは……どこかでお見かけしたことがあると思いましたが、フォラント伯爵家のイルゼ嬢ではありませんか？」

声をかけてきたのは、ラウレンツの友人である子爵だった。彼とはラウレンツの帰国祝いの舞踏会で挨拶を交わしていた。のちにイルゼとラウレンツが揉《も》めたため、子爵はイルゼのことを面白く思っていないはず。大げさな呼びかけは、イルゼの存在を皆に教える意図で、故意に大きな声を出したに違いない。案の定、周囲がざわめきだす。

「あの婚約者に金を要求したという？」

「だがあれは相手が不義理を……」

「いいや、やはり噂《うわさ》どおりの業突《ごうつく》張りに違いない」

そんな無責任な声がどこからか聞こえだす。

子爵はイルゼの進行方向を塞ぐ位置に立ちはだかっている。声をかけられてしまったら、あからさまに避けては不自然で失礼だ。

「ごきげんよう。閣下には一年前にご挨拶させていただきましたね？」

イルゼは仕方なく子爵と対峙《たいじ》した。

「今日は一段と豪華なドレスですね？　一年前の慎《つつ》ましいお姿が幻のようだ」

「ありがとうございます。このドレス、気に入っておりますの」

嫌みには気づかないふりをしてほほえむ。ドレスは彼女が選んだものではないが、気に入っているのは本当だった。色は控えめだが、シルエットは若い女性らしくふんわりとしていて可愛らしい。そしてなにより、皇女が選んでくれたものを気に入らない理由などなかった。

一年前は、婚約者が定まっていることと、主催者側に近い立場というつもりでいたため、招待客への配慮が必要だった。

もちろんそのときも、落ち着いたデザインではあるものの、侯爵子息の婚約者としてふさわしい装いだったのだが、当時と比較されても困惑するだけだ。

「フン！　一人さびしく壁の花でいるようなら、ダンスにでも誘ってやろうかと思っていたがやめておこう。その豪華なドレスの裾を踏んで、賠償金を請求されたらたまったものではないからな」

子爵がニヤリ、といやらしく口の端をつり上げた。

「閣下は、うっかりドレスの裾を踏んでしまうことがおありなのですね？」

こういう部分が可愛げがないと言われてしまう理由だとイルゼは自覚している。

それでも傷ついたふりをして黙り込むのも得策ではなかった。

「か……可愛げがない女というのは本当だったらしいな。そのドレスもどうせ、ラウレンツからせしめた金で作ったのだろう！」

「こちらのドレスは、皇女殿下が落ち込んでいる私に用意してくださったものです。勝手な思い込みも大概になさったほうがよろしいですわよ？」

「皇女、殿下……？」

「ええ。それに、おかしいですわ。伯爵家がグートシュタイン侯爵家やラウレンツ様に金品を要求したことはありませんのに」

「嘘《うそ》をつけ！」

一年前、婚約をなかったことにしたいという申し出を、フォラント伯爵家は無条件で受け入れた。

ところが、その直後から「伯爵令嬢は、誠実な婚約者が隣国にいるのをいいことに、男遊びに興じていた」という噂がささやかれはじめた。

ただの噂ではなく、実際に誘われたと証言する男まで現れた。もちろんイルゼの知らない男だ。

こうなった理由はすぐに調べがついた。ラウレンツが隣国滞在中にできた恋人に対し、祖国にいる婚約者は悪女だと説明したのだ。

現在の恋人との婚約が調《ととの》い、彼女がこの国にやってくるまでにイルゼの落ち度をなんとしてもねつ造したかったに違いない。

けれど伯爵家は泣き寝入りなどしなかった。イルゼの恋人を自称する男の身元を徹底的に調べ上げ、男がイルゼの顔すら知らなかったという事実を掴《つか》んだ。

男はグートシュタイン侯爵家から金を借りていて、借金返済を条件にイルゼを貶《おとし》める役を引き受けたのだった。

伯爵家はその後、法律家の立ち会いのもと、男に賠償金の支払いを要求した。そして裁判を行い勝訴している。

けれどこれは完全な勝利とは言えなかった。伯爵家が訴えたのはあくまでイルゼの恋人を自称した男個人であり、侯爵家ではないからだ。侯爵家はイルゼの不名誉な噂は男が勝手に流したもので自分たちは関与していないと主張し、そこは覆らなかった。

結局、侯爵家の罪とはならなかったものの、どう考えても男の行動が誰の利益のためだったかは明らかだ。当然だが、ラウレンツの評判はがた落ちだ。

だが一方で、イルゼの令嬢としての評判も同じように落ちてしまった。

徹底抗戦のせいで、イルゼには「婚約破棄されても仕方がないほど可愛げのない令嬢」

という評価が下された。

しかもこの評価は、事実無根ではないから本人としても否定できなかった。

「伯爵家は、虚偽の噂を流し私を貶めようとした者を訴えただけです。おかしいですね……、まるでラウレンツ様が賠償金を支払ったような言い方……。ご友人の閣下ならば、きっと私たちが知らない事情もよくご存じなのでしょう。ぜひ教えていただけませんか?」

子爵の顔が真っ青になる。

おそらく侯爵家は、これ以上世間に話題を提供しないために、男に課せられた賠償金をこっそり肩代わりしたに違いない。

借金のあった男には、支払い能力などなかったのだから。

けれど、限りなく黒に近く皆が予想できる事実でも、口にしてはならない場合がある。

子爵は今になってそれに気づいたのだろう。

「私の知ったことではない！　君と話していてもつまらないな。せっかくの舞踏会だ……可愛げのない女と話しても時間の無駄だから、私はこれで失礼する」

子爵は逃げるように道を空け、そそくさと人混みの中へ消えていく。イルゼはそのままゆっくりと舞踏会の会場である大広間から出ていこうとした。

二人の会話を聞いていた者たちは、子爵とイルゼの両方を笑っている。

子爵は喧嘩《けんか》を売ったあげくに小娘に言い負かされる男。イルゼは寛容さの欠片《かけら》も持たない生意気な令嬢として。

（実際に、可愛げがないのは事実だわ……今だって……）

ヒソヒソという噂話《うわさばなし》がイルゼの最も苦手なものだ。

子爵のわかりやすい言葉よりも、不特定多数の視線と言葉がイルゼを傷つける。

（マリアンネ様には申し訳ないけれど、私に結婚は無理ね）

落ち度のないイルゼに再起を図ってほしいという思いで、マリアンネはドレスと招待状をくれたのだろう。けれどさっそく、噂が真実だと証明してしまった。

こんな可愛げのない娘と結婚したいと考える青年などいるだろうか。

イルゼは婚約破棄の原因となった「真実の愛」というものがよくわからない。憧れる気持ちはあるが、家の利益を忘れるほどの激情がいつか自分に宿る日が来るなどと想像できなかった。

家の繋《つな》がりや親の希望を重視しての縁談も、今は考えられない。

イルゼは外交官の妻になるための努力をして、元婚約者への手紙も頻繁に書いていた。

その結果がこの状況である。今の願いは、せめて兄の幸せな結婚を邪魔したくないということくらいだ。黙っていても、やり返しても、評判を落としてしまうイルゼは、完全にお荷物だった。

イルゼは自分の愚かさに腹を立て、じんわりと目の奥が熱くなるのを感じていた。視界がにじみ、そんな弱い部分を誰にも見せたくなくて、だんだんと早足になっていく。

扉の手前で、また誰かがイルゼの前に立ちはだかる。

「必要だろうか？」

男性の声だった。低い声と同時に、白いなにかが差し出される。

それはきっちりと折りたたまれたハンカチだった。泣きだしそうなのを見抜かれているのだ。

「お気持ちだけ……、お気遣いありがとうございます」

驚いた勢いで、ぽつりと涙がこぼれ落ちる。

「必要なはずだ」

涙を見られたことに焦ったイルゼは、相手の顔を確認しないまま、深々とお辞儀をして、その場から逃げ出した。

ハンカチを差し出してくれた優しさが嬉《うれ》しかった。だが、彼が先ほどの子爵と同じような目的で声をかけたのだとしたらと疑心暗鬼になる。だから、その人の顔を見るのが恐ろしかった。

その落ち着いた柔らかい声だけがずっと耳に残っている気がした。

会場から去ったイルゼは、心を落ち着かせてから予定どおりマリアンネのところへ行った。そこで素直に、もう結婚に興味はなく修道院にでも行こうかと考えていると話す。

するとマリアンネはこう言ったのだ。

「それなら、わたくしの侍女になってくださらない？　語学に堪能で気が利いて……、なにより気の合う方が近くにいてくれたら心強いですから」

イルゼはその場で快諾し、一週間後には荷物をまとめて宮廷での暮らしをはじめた。

第一章　皇帝陛下の秘密

　イルゼがマリアンネの侍女となってから三ヶ月が経《た》った。その間、彼女はこれが天職であると確信していく日々を過ごしていた。

　この国――トドルバッハ帝国の皇帝ヴィルフリートは現在二十六歳。イルゼが仕えているのは皇帝と同母の妹であるマリアンネだ。

　マリアンネはふわふわの金髪に青い瞳の十八歳の皇女だ。そして、皇帝の妃《きさき》が定められていない現段階において、宮廷内で最も身分の高い女性である。

　そのため、本来ならば妃がするべき職務の一部を彼女がこなしている。

　侍女の主な役割は、マリアンネの話し相手や、ドレス選びの手伝いなどだが、マリアンネはどうやらイルゼに別の役割を期待しているらしい。

　たとえば、マリアンネの職務の中に、外国からやってきた王族や大使夫人などの賓客をもてなすというものがある。

そんなとき、必要に駆られて覚えたイルゼの知識が役に立つというのだ。イルゼは帝国標準語のほか、二カ国語を日常会話に困らない程度に話せるし、外国の文化についても積極的に知識を得ていた。

マリアンネはその部分でイルゼの力を借りたいらしかった。

とは言え、外国からの賓客がやってくるのは年に数回だけだ。この日のイルゼはまったく違う職務に精を出していた。

「……どこへ行ったのかしら？」

イルゼは宮廷内の中庭で、植木の下を覗《のぞ》き込《こ》んだ。

マリアンネの愛猫が窓から飛び出していなくなってしまったのだ。猫は室内で飼われていて、広い宮廷内では自力で戻れず迷子になってしまう可能性がある。しかも警戒心が強く、慣れていない警備兵や下働きの者が捕獲できるとは思えない。

だから、マリアンネ本人や侍女たちが手分けして捜しているところだった。

季節は冬から春に変わる頃。今日は太陽の日差しがよく届く。そろそろ美しい庭を眺めながらお茶を楽しめそうな陽気だ。

そんなことを考えながら覗き込んだツゲの木の下に、揺れる白い尻尾が見えた。

生け垣として植えられている低い木の下は、小さな猫が外敵から身を守る場所としてはいいのかもしれない。

イルゼが手を伸ばしても、白猫までは届かないだろう。

(逃げられてもいけないし、飽きて出てくるのを待つしかないわね)

イルゼは、白猫の性格を考えて、かまうよりも素知らぬふりをしていたほうが早く出てくると予想した。

ツゲの木のすぐ横にしゃがんで、あなたのことは気にしていないという演技をする。

白猫は、警戒心が強いくせに甘えん坊だ。

よくマリアンネやそばに仕える者の膝に乗りたがる。そのうち薄暗いツゲの木の下よりも、柔らかくて温かい膝の上がよくなるだろう。

白猫は案の定すぐに起き上がり、イルゼの膝の上に乗った。

柔らかい毛に覆われた白猫に、ツゲの小さな葉がたくさんついている。これでは、せっかくの美人が台無しである。

イルゼはしばらく白猫を撫《な》でて、小さな葉を取り払う作業に没頭していた。

マリアンネも心配しているだろうし、そろそろ部屋に戻ろうとしたところで、人の気配を感じた。

「私が不義の子で、先帝の血を引いていないという事実が明らかになったら、間違いなく退位。……それどころか処刑だな」

　男性の声だった。それも、どう解釈しても聞いてはいけないとしか思えない不穏な内容だった。イルゼは白猫を胸に抱えたまま、息をひそめた。

（先帝の血、……どういうこと？）

　イルゼがいるのは、宮廷内でも皇族の指定部分にあたる中庭だ。出入りできる者は限られている。

　先帝の血を引いている男性の皇族は二人いる。

　一人は皇帝ヴィルフリート、もう一人は皇帝の異母兄ゲオルクだ。ゲオルクは愛妾《あいしょう》の子で、ヴィルフリートとは不仲らしく、同じ宮では暮らしていない。

　この中庭に出入りできる人物で、「退位」という言葉の意味を考えても、ツゲの木の向こう側にいるのは皇帝しかありえなかった。

「そうならないために、手を尽くしているのです！　なにを他人事のように言っておられるのですか、陛下は！」

　間違いなく、聞いてはいけない話を耳にしたのだ。密談をしているらしい二人が立ち去るまで、ここでじっとして、耳を塞いでいるのが賢明だった。

　息をひそめたほうがいいとわかっているのに、勝手に呼吸が荒くなる。

心臓の音もうるさく、唇が震えて歯がガタガタと鳴るのを抑えられない。白猫を抱きしめる腕の力もつい強くなった。

そのとき、話をしていた片方の気配が動いた。

「ネズミが一匹、紛れ込んでいるようだ」

静かな声は、イルゼの心臓を壊す力を持っているのだろうか。イルゼのことではなく、本当にネズミがこの場に現れてくれればいいのに、そうはならない。

声はまっすぐイルゼの隠れている方向に向けられている。

「この場で斬られたくなければ、今すぐ出てくるがいい」

カチャリ、と金属音が響く。

ツゲの木の先にいる人物は帯剣しているのだろうか。イルゼは大きく深呼吸をしてから立ち上がる。

「……恐れながら……ネ、ネズミではありません、猫ですわ」

マリアンネの愛猫を見せつけるようにしながら、イルゼはゆっくりと木の陰から離れ、声のするほうをまっすぐに見た。

マリアンネと同じ色――金髪に青い瞳をした長身の青年と一瞬だけ目が合う。

そこには予想どおり、トドルバッハ帝国皇帝ヴィルフリートが剣の柄に手を添えて悠然

と立っていた。

イルゼはすぐさまその場で低頭した。しばらくすると、柄から手が離れる様子が確認できた。

「……フッ、確かに猫だ……。それも二匹。白猫と黒猫か。君は……イルゼ殿だったな？」

意外にも、ヴィルフリートはイルゼの名を知っていた。

イルゼのほうは宮廷で開かれる行事の際にその姿を見ていたし、肖像画でも容姿を把握していたが、ヴィルフリートからすれば、伯爵家の娘など何百人も集まった臣民の一人でしかない。まさかすぐに名前を言いあてられると思っていなかったイルゼは、驚きを隠せない。

「はい、マリアンネ様の侍女を務めさせていただいております、フォラント伯爵家の娘イルゼでございます、陛下」

あやしい者ではないと主張したいが、皇帝に対し問われてもいないことを一方的に語りだすのは不敬だから、名前を名乗ることしかできない。

「あなたがイルゼ様でしたか……。私は陛下の側近で、アンブロスと申します。以後、お見知りおきください」

ヴィルフリートの隣にいる青年も名乗ってくれた。

イルゼは頭の中にある宮廷内の重要人物のリストを引っ張り出す。彼はローラント・フォン・アンブロスという名で、皇帝の側近を務めている文官だ。

「こちらこそ、どうぞよろしくお願い申し上げます」

わずかに身体の向きを変えて、イルゼはアンブロスに挨拶をする。それが終わるとひたすら低い姿勢を保ち、ヴィルフリートの言葉を待った。

「まずは顔を上げていい。自由な発言も許可する」

「ありがとうございます、陛下」

言われたとおり、イルゼは顔を上げる。やましいことなどどこにもないのだから、堂々としているべきだった。

「それでイルゼ殿は、どうしてここに？」

「はい、陛下。マリアンネ様の猫を捜しておりました」

「……なるほど、私たちより先に君はここにいたというのだな？　それは失礼した」

ヴィルフリートは手を伸ばし、白猫の頭を撫でた。

「人見知りをする子ですが、陛下には好意を抱いているようですわ」

ヴィルフリートが柔らかい表情で白猫に触れている。その様子を眺め、イルゼは一気に安心し、身体の震えが収まってきた。

トドルバッハ帝国ヴィルフリートといえば、強い指導力に加え、冷徹さと慈悲深い心を合わせ持つ、理想の君主である。この場に居合わせただけのイルゼが理不尽な罰を受けることなどありえない。

「それで、私たちの話は聞こえていたのだろうか？」

「陛下とアンブロス様のお話ですか？　猫を捕まえるのに一生懸命で、よく聞こえませんでした」

イルゼはわきまえた侍女である。

もし聞こえていたとしても、仕えている主人が聞かれたくなかった話は決して口外しないくらいの分別はある。ヴィルフリートは直接の主人ではないが、先ほどの会話はマリアンネにも関係のある話だ。

マリアンネを守るためにも簡単に口にしていい内容ではなかった。

「そうか、聞こえなかったのか……」

「はい、陛下」

ヴィルフリートは笑顔が素敵な男性だった。

妹と同じ金髪に青い瞳。涼やかで優しげな目をしているのに、皇帝としての威厳も持ち合わせている。

そんな彼にほほえまれると、女性ならば誰でもドキリとしてしまうだろう。

恋愛への興味を失っているイルゼも、例外ではなかった。

「私が先帝の血を引いていないという事実が公になれば退位どころか処刑だという内容だったのだが、本当に聞こえなかったのだろうか？」

先ほどまで感じていた頬《ほお》が熱くなるような感覚が消え失《う》せる。急に真冬に戻ったかのような悪寒が走ったのは、イルゼの気のせいだろうか。

「ええ、そんなお話はまったく聞こえませんでした」

引き返せない決定的な言葉を聞かされたのだとわかっているのに、彼女はまだごまかそうとしていた。

「それはすまないことをした。……だったら今、聞いてしまったのだな？　……残念だ」

聞かされたの間違いだった。

皇帝が世間の評判どおりの慈悲深い人物ではないのだと、確信した瞬間だった。

「陛下、かわいそうに怯《おび》えているじゃないですか！　あのですね――」

アンブロスの言葉をヴィルフリートが目で制す。

「そなたは妹のところへ行って、しばらく侍女を借りると伝えてきてくれないか？」

ガタガタと震えるイルゼからひょいっと白猫を奪うと、ヴィルフリートはそれを側近に押しつけた。

白猫はアンブロスには警戒し、ぴょんと地面から飛び降りて走りだす。

「……あっ！」

せっかく捕まえた白猫がまたどこかへ行ってしまう。

反射的にイルゼは猫を捕まえようと一歩踏み出す。けれど、ヴィルフリートが腕を取り、勝手な逃亡を許さなかった。

「アンブロス、猫の捕獲と妹への伝言をすみやかに頼んだぞ」

頷《うなず》かないで、助けてほしいとイルゼは目で訴えた。

アンブロスはヴィルフリートとイルゼを交互に見てから目を伏せた。

「かしこまりました」

主人の命に従ってくるりと身を翻す。彼が最後に見せた表情は、イルゼに対する哀れみだった。

「……さて、イルゼ殿には私と一緒に来てもらう。……異存はないな？」

ヴィルフリートの手はしっかりとイルゼの腰に回されている。

もし事情を知らない第三者がここにいれば、皇帝が令嬢と親しく中庭を散策しているように見えるかもしれない。

「陛下の御意に従います」

選択の自由は与えられていない。イルゼは仕方なくヴィルフリートと一緒に歩きだした。

白猫を捜索し、この陽気ならば庭でお茶を楽しむのもいいかもしれないなどと考えていたのどかな時間が嘘のようだった。

◇　◇　◇

ヴィルフリートに連行されたのは、皇帝の執務室だった。

窓側にマホガニーの重厚な机が置かれている。部屋の中央には打ち合わせや休憩で使われるテーブルとソファがあった。

彼はイルゼをソファまで導き、座るように促したあと、なぜか向かいの席ではなく隣に腰を下ろした。逃走を図ろうとしても逃げられない、手を伸ばせば捕らえられる距離だ。

すぐに侍従がやってきてお茶を用意してくれる。

それが終わるとヴィルフリートは人払いをした。

「冷めないうちに飲むといい。毒が入っているかもしれないと疑うのなら、無理に口をつける必要はないが……」

そう言われては口をつけるしかない。飲まなければ、皇帝が毒を盛るという卑怯《ひきょう》な手段を使うかもしれないとイルゼが疑っている意味になる。

角砂糖を一つ茶色の液体に沈めてから、イルゼはそっとカップを口元に運んだ。

「イルゼ殿。改めて確認するが、君は私とアンブロスの会話を聞いてしまったということで相違ないな？」

人払いをしたものの、本物の間者を警戒しているのだろうか。耳元でささやかれた。

「はい」

「ならば、仮にその話が真実だとして、私は断罪されるべき人間だと思うか？」

ヴィルフリートが不義の子ならば、今の帝位に正当性はない。仮に彼が退位したら、帝位は彼の異母兄に渡る。イルゼの知る限り、皇帝の異母兄ゲオルクは臣に対し横柄で、評判は悪かった。

正当性がなくても理想の君主だからいいと割り切れれば簡単なのだが、難しい。

帝位はその血筋に受け継がれるものだと法で定められている。有能だからそれでいいという発想は、秩序を乱す危険な思想だ。

そもそも、不義の子だという証明ができるのだろうかとか、だったらマリアンネはどうなのだろうかとか、いろいろと考えすぎてイルゼの頭の中はまとまりそうもなかった。

「わかりません。……ただ、事実なら国の混乱は想像できます」

民から慕われている皇帝が断罪されることも、為政者の資質があるのか疑問の残る異母兄が帝位に就くことも、すんなり受け入れる者はいないだろう。

「断罪されるべきではないと私を擁護すれば、無事に帰れるとは考えなかったのか？」

「つい先ほど、陛下に嘘を見抜かれたばかりですから」

しっかり聞いていた話を聞いていなかったと主張しても、彼はイルゼの嘘を見抜き、許してくれなかった。

うわべだけ取り繕っても騙《だま》せる人ではないのだ。

「……ですが陛下。私の落ち度ではありません。私はただ、マリアンネ様の指示で中庭で猫の捜索を行っていただけなのですから」

「君は、私が罪のない者を罰する暴君だと思うか？」

「陛下が名君であらせられるのは疑いようがありません。だからこそ、私が陛下の敵ではないのだと説明しているのです」

間者ではないのだと理解してさえくれれば、事故で秘密を知ってしまっただけのイルゼを罰したりはしないはずだとヴィルフリートを牽制《けんせい》する。

「いやいや、買いかぶりだ。私は帝国の利益のためならば無実の者を裁くことくらいためらわずにできる人間だ」

そこは否定しないでほしかったイルゼだった。

イルゼは膝に置いた手で、ドレスの布地をギュッと掴んだ。

「ですが、私が陛下の秘密についてどこかで発言したとして、信憑性《しんぴょうせい》がありません。口にしても誰にも信じてもらえません。それどころか不敬罪に問われ、伯爵家は取り潰しになるでしょう。それでも私が秘密を漏らすと、陛下は本気でお考えなのですか？」

口にするのははばかられるが、似たような噂は笑い話としては以前からある。

数年前に崩御した先帝は、暴君ではなかったが名君とは言えなかった。臆病で、猜疑心《さいぎしん》が強く、気に入らない臣の身分を剝奪《はくだつ》することが何度もあったという。

それに対し、ヴィルフリートは公明正大な名君という評判だ。

容姿も兄妹そろって母親似で、先帝とはまったく似ていないことから、根拠もなしにそんな不敬な噂話をする人間は前からいた。

だからこそ、イルゼが誰かに言いふらしたところで、信じる者はいないだろう。

「だが、君には実績がある。格上の侯爵家が君に事実無根の汚名を着せようとしたとき、証拠を集めて闘っただろう？」

イルゼが闘った理由は、自分の名誉が傷つけられたからだ。

帝国貴族の中では抜きん出た部分のない平凡な伯爵家の娘が、皇帝を相手にいったいなにができるのかは謎だ。ここまで正直に思いを伝えても、ヴィルフリートを納得させられないのなら、イルゼにはもう打つ手なしだった。

「そこまでご心配なのでしたら、私のことは煮るなり焼くなり好きになさってください。ただし、私の家には手出しをなさらないとお約束くださいませんか？」

覚悟を決めたイルゼは、思いっきりヴィルフリートをにらみつけた。彼はイルゼを好きにできる立場だ。しかし、権力では人の心を従わせることなどできない。

多少反抗的な態度を取っても事態はこれ以上悪化しないと開き直る。

「……そうやっていると本当に黒猫みたいだな」

急にヴィルフリートの表情が和らいだ。

ここに連れてこられた時点で、どんなに名君という評判でもイルゼにとってはただの暴君だ。けれど嫌悪する気になれないのはどうしてだろうか。

「今は家族のことを……」

ヴィルフリートが首を横に振る。

「イルゼ殿は、誰かに秘密を話さないでほしいとき、有効な手段はなんだと思う？　誠実に頼み込む？　金を渡す？　それとも地位を約束する？」

　これはわからないから聞いているのではなかった。彼はすでに彼なりの最善の道を考えていて、それをイルゼにあてさせようとしているのだ。

「私と陛下のあいだには信頼関係は成り立っておりませんので、口先だけの約束は無意味です。お金も地位も……陛下を貶めようとする者が陛下以上に利益をもたらしてくれるのなら、簡単に裏切るでしょう」

「ならばどうする？」

「黙っていたほうが得をして、誰かに秘密を明かすと損をする環境を作る……かもしれません」

「悪くない回答だ」

　イルゼが真っ先に頭に思い浮かべたのは、口外すれば家族になにかするという脅しだ。

　ヴィルフリートがもしその手段を取ったなら、イルゼは確かに彼の秘密を守り続けるだろう。同時に軽蔑もする。

「もしかして、君の家族を人質にするかも――などと考えているのか？」

　彼はイルゼの思考が読めるのだろうか。心の中を言いあてられた。

「有効だと思います」

「違うな……。それはさすがに卑怯すぎる。もし私が人質を盾になにかを強要されたら、その者を憎んでいつか出し抜いてやろうと策を巡らす。破滅するまで絶対に許さない」

ひとまず従うしかないが、隙あらば状況を打開しようとするのはあたり前だ。無理矢理従わせている犬は、首輪がはずれた瞬間に主人に嚙《か》みつく。

「ではどうなさるのですか？」

「君と私は今日はじめて会話をした。信頼関係を築ければ、誓約などなしに互いを信用できる」

ここに来て、ヴィルフリートははじめて希望の持てる提案をした。

「君は結構素直なのだな？　先ほどまでふくれていたのに」

ヴィルフリートはそっと手を伸ばして、イルゼの頰を指先でつついた。

元婚約者にエスコートをしてもらった経験が数回――それ以外は家族以外の男性とまったく関わりを持っていないイルゼは、こんなときどうすればいいのかわからなかった。

まばたきすら忘れ、しばらく呆然《ぼうぜん》となる。それからハッとなって、ソファの端まで移動した。

「意外というか……新鮮な反応だな。普通、皇帝である私から逃げるものだろうか？」

後から気恥ずかしさが押し寄せてくる。これはおそらくヴィルフリートの罠《わな》だ。

イルゼを動揺させ、自分が優位に立つための作戦だ。それを察した彼女は、必死に心を落ち着かせた。

「私のことよりも、今後私たちがどのように信頼関係を築いていくのかを相談させていただきたいのですが？」

「わかった、話を続けよう。残念ながら君は私ではなく、今のところマリアンネに仕えている。それではまともな話もできない」

「そのとおりです」

彼は配置換えを匂わせるが、イルゼとしては避けたいところだった。

下働きならばともかく、イルゼは伯爵令嬢だ。貴族の令嬢を皇帝のそばにおけば、あらぬ憶測を呼ぶ。実際、ヴィルフリートの側仕えは男性だし、マリアンネの側仕えは皆、女性だ。

ヴィルフリートが秘密を知るイルゼを近くに置きたいだけだとしても、宮廷内の慣習を変えるのは問題がある。

「私の妃《きさき》になればいい」

キサキ――と聞こえた気がして、イルゼは一瞬焦ってしまった。

ヴィルフリートと自然に会話ができる宮廷内の役職を考えてみるが、キサキと聞き間違えそうなものは思いつかなかった。

「……大変申し訳ございませんが、もう一度おっしゃっていただいてもよろしいでしょうか？」

「私の妃になればいいと言ったんだ。名案だろう？」

ヴィルフリートは中庭で出会ったときから、口封じをほのめかしたり、散々回りくどい言い方でイルゼを翻弄している。これもその一つなのだろうか。

「今は陛下の冗談にお付き合いできる余裕がないのですが……」

「この帝国のために、働いてみないか？」

イルゼは唖然《あぜん》となる。彼はイルゼに求婚しているようだが、明らかに妻に望んでいる相手にかける言葉ではなかった。彼の中では、妃は職業になっている。

「妃というのは陛下の妻という意味ですよ！　陛下のお気持ちは……？」

「なぜ、君ではなく私の気持ちを気にするのか理解できないのだが。イルゼ殿ならば知識、語学力、マナー……十分にトドルバッハ帝国の妃が務まるはずだから歓迎する」

先ほどから、ヴィルフリートはイルゼについて事前に調査をしていたとしか思えない発言をしていた。

マリアンネから聞いたのだと推測できるが、さすがに妃にふさわしいというのは過大評価だ。それに彼は、イルゼの能力を評価する一方で、性格や相性についてはまったく考えていない様子だ。

「私なんて……婚約者に捨てられて、可愛げがないから異性から見向きもされない女です。妃など務まりません！」

事実だと思っていても自らを卑下する言葉を進んで口にするのはむなしいものだ。

「私は自分の妃に対して、貴族の女性としての魅力など求めていない。むしろ面倒くさい。たとえば、そうだな……ドレスや所有している宝石の美しさを競ってなんの意味があるのか私には理解できない。いいや、無意味というのは違うな。豊かな社会を形成するのに必要だとは思う」

イルゼは唖然となる。貴族の消費は国内の経済を活性化させるための一つの要素にすぎないと言っているのだ。

彼は臣民の意見をよく聞く、名君のはずだった。それが人の心を持ち合わせていないような発言をする。

歴史上、妃に溺れて浪費を重ねた結果、国を滅ぼした愚王は存在する。その真逆なら名君と言っていいのだろうか。イルゼはそれも違う気がしていた。

ヴィルフリートには私欲がないのだろうか。ここまで極端だと不安になるイルゼだ。

「妃の条件は、私を助け、共に歩んでいける者だ。互いに助け合うものではあるが、一方的に煩《わずら》わされたくはない。優先すべきは決して折れない心の強さだろう」

「強さ……？」

「想像してみるといい。妃となれば君が低頭すべき相手は私だけとなる。伯爵令嬢と、皇帝の妃……同じ態度と言葉で接しても、君の身分が変われば相手の受け取り方も変わってくるだろう」

皇帝の妃になれば、少なくとも「たかが伯爵令嬢のくせに」という言葉でイルゼを貶めることは誰にもできなくなる。

それはイルゼにとって、魅力的な提案に思えた。

婚約破棄からの一連の騒動では、家柄の差のみがイルゼたちの弱みだった。もし身分が逆だったら、自分たちを貶めた相手に正当な罰を下そうとした行動が、非難されるはずもないのだから。

「陛下のお言葉は、悪徳商人みたいです」

イルゼが素直な感想を口にすると、ヴィルフリートはその不敬な発言を笑って許してくれた。金色のまつげに縁取られた瞳が、固く握られたままのイルゼの手を見ている。

少し憂いをはらんだような美しい顔に見とれていると、ヴィルフリートがイルゼの手を取った。

自然と強《こわ》ばりは解ける。男性の手のひらが大きくて温かいことすら、彼女はよく知らなかった。だからただ驚いて、動けなくなった。

「頷けばそなたは自由になれる。フォラント伯爵家も王族の外戚になれる……確かに上手《うま》い話にもほどがあるな。人質や脅迫と違うのは、私自身がそなたと一緒に滅びる覚悟があるかどうかという部分だけだ」

ヴィルフリートはイルゼの手を自らの口元へ近づける。同意が得られれば、誓いの口づけをするつもりなのだろう。

イルゼはヴィルフリートの中には揺るぎない信念と誠実さがあることを感じていた。

ただし彼の一番は、おそらくこの国や民だ。

イルゼのことなどこれっぽっちも考えていないのはわかっている。

「わかりました。……陛下の国を思うお心を信じ、騙されてみることにいたします」

イルゼはきっと彼の協力者であって、一番にはならない。

彼の心は常にトドルバッハ帝国の政に向いていて、イルゼが同じ方向を向いている限り、妃としての身分を保障すると言っているのだ。

「ありがとう、イルゼ殿……いいや、イルゼ」

恋人や妻ではなく、たぶん同志という言葉がふさわしい。

それでもイルゼが頷けば、ヴィルフリートは誓約の証にイルゼの指先にちょこんと口づけをした。

◇　◇　◇

たった一時間ほどのあいだにイルゼの人生は一変した。

皇帝がフォラント伯爵令嬢にひとめぼれしてその日のうちに婚約したという話題は、瞬く間に都中に広まっていった。

翌日には皇帝自らが伯爵邸に赴き、結婚の許可を取りつけた。

イルゼの両親と兄のフェリクスはそれなりに真面目で、適度な良識を持った、平凡な人間だ。結婚を諦めていたはずのイルゼが、よりにもよって皇帝と婚約したことを本人以上に受け入れられず、放心していた。

ヴィルフリートはできるだけ早く婚儀を執り行いたいと希望している。その準備があるため、イルゼは今後も宮廷に滞在し続けることとなった。

皇女付きの侍女という役割は終えるが、今後は近い将来の義姉妹という関係でマリアンネとの親交は続く。

伯爵邸での説明を終えたイルゼとヴィルフリートは、午後のお茶の時間をマリアンネと一緒に過ごした。

「マリアンネよ、そなたがイルゼを侍女として迎え入れなければ、私たち二人は出会っていなかっただろう。感謝する」

今日も春が感じられる陽気だった。

昨日ヴィルフリートとイルゼが出会った皇族専用の中庭には、小さな茶会を開くのにちょうどいい東屋《あずまや》がある。

テーブルには春の果物を使ったケーキやお菓子が用意されている。

イルゼたちの近くには、護衛役の近衛兵《このえへい》が数人とヴィルフリートの侍従、マリアンネの侍女二人がいて、主人たちの茶会を見守っている。

昨日までそちら側の立場だったイルゼは、急すぎる変化についていけず、居心地の悪さを感じていた。とくに、同世代の侍女の態度はどこか冷ややかだ。

「お兄様がめずらしく、女性――イルゼのことを気にされていたご様子でしたから、こうなる予感はしていましたの。イルゼがお姉様になるのでしたら、わたくし大歓迎ですわ」

昨日の時点で、マリアンネに婚約の報告をしているのだが、彼女は喜ぶだけで一切驚かなかった。

用事がなければ主人のそばを離れないイルゼだから、ヴィルフリートとまともに顔を合わせたのは昨日がはじめてであるとマリアンネも知っている。

それでも、まるで結ばれるのがあたり前という口ぶりだった。

「陛下は、私を以前から気にかけていてくださったのですか……？」

ヴィルフリートとマリアンネが同時に頷く。

「お兄様ったら、わたくしと顔を合わせるたびに、イルゼはどうして同行しないのかって、それればかり。呼び出せばいいと提案しても、『そなたの侍女を私用で呼びつけるのはよくない』なんて意地を張ってらっしゃいましたの」

「マリアンネ！　イルゼの前で余計なことを言うな」

咎《とが》めているというより、恥ずかしいからやめてくれという態度だった。

これではまるで、ヴィルフリートが以前からイルゼを知っていて、片思いをしていたと皆が誤解しそうだった。

イルゼも一瞬、キラキラした笑顔に騙されそうになる。けれど、すぐに冷静になって、そんなはずはないと考え直した。

会ったことすらない、しかも評判の悪い令嬢に異性としての興味を抱くのはおかしい。

おそらく彼の興味は、昨日彼が語っていた〝妃の条件〟にあるのだ。

イルゼは侯爵家と争い、完全勝利とはいかなかったものの、婚約者がいながら男遊びをする女という疑惑がねつ造であると証明してみせた。彼は、権力を持つ者の理不尽に立ち向かうイルゼの姿勢を評価し、知りたがったのだ。そこには、キラキラとした恋心は存在しない。

けれど、今のイルゼとヴィルフリートは、中庭で劇的な出会いをしてたった一日で恋に落ちた婚約者同士という設定だ。

一応、心得ているイルゼは婚約者の真意がわかっていても、喜ぶふりをするしかなかった。

「フフ。でも出会えたのですからよかったですわ。わたくしもスザンナも、いつまでも妃を選ぼうとしないお兄様にやきもきしていましたもの」

マリアンネは、年嵩《としかさ》の侍女頭スザンナと顔を見合わせながら、そう言った。

茶会を見守る者の中で最年長の女性は、侍女頭のスザンナである。イルゼにとっては先輩であり、侍女のなんたるかを教えてくれる師でもある。

今はマリアンネに仕えているが、スザンナはもともとヴィルフリートの乳母をしていた。

乳母から先の妃カサンドラの侍女へ、十年前にカサンドラが他界してからは、まだ幼かったマリアンネを支えた。

ヴィルフリートたちにとって、第二の母であり、家族同然の関係だ。

「スザンナにも心配をかけてしまいすまなかったな。……乳兄弟がとっくに結婚して子供が二人もいるのだから、そなたもやきもきしただろう。そういえば、そなたの孫はいくつになった？」

「はい、おかげさまで上の子が五歳、下の子が三歳になりました」

「ついこの前、奥方を紹介されたばかりだと思っていたが……もうそんなに大きくなったのか？　今度都へ来るときは、子供も連れて宮廷にも顔を出すように言っておいてくれ」

イルゼは話を聞きながら、スザンナの家族構成を思い浮かべた。

（スザンナ様のご子息は地方の役人をされているのだったわね……）

以前に聞いていた話から、地方で役人をしているという息子が、ヴィルフリートと一緒に育った乳兄弟なのだと推測できた。

「ええ、陛下。もうすぐ都に戻ると手紙があったばかりですから、必ずお伝えいたします」

「ああ、そうしてくれ。……それにしても、改めて思い返すとイルゼは私を避けていただろう？　三ヶ月もマリアンネの侍女をしていて、一度も君を見かけないというのは不自然だ」

急に話を振られ、イルゼはドキリとした。ヴィルフリートがふてくされたような演技をはじめ、少し子供っぽい表情が新鮮だったせいだ。

「決してそのようなことはございません。偶然ですわ」

じつは偶然ではないのだが、彼を嫌って避けていたのではなく、わきまえていただけだ。

マリアンネ付きの侍女は、十代の若い女性が多い。彼女たちは、結婚前の行儀見習いとして宮廷に上がっている。皇女に仕えていたことにより、箔《はく》がつき、良縁に恵まれる可能性が高くなるからだ。

宮廷内で高貴な男性に見初められることを夢見る者もいる。

ヴィルフリートとマリアンネは同じ宮で暮らしている仲のよい兄妹だ。

建物が広いため、マリアンネの侍女が偶然皇帝に出会う可能性は少ない。それでも、兄妹の交流の場に侍女が同行する機会はある。

ヴィルフリートのところへの使いや、彼に会えそうな場所へのお供は若い侍女ならばぜひとも引き受けたい役目だ。当然、争奪戦になる。

イルゼは婚約破棄騒動のせいで男性からの評判が悪く、本人としても結婚を望む気持ちがなかったので、争奪戦には加わらなかった。

身分の高い男性と出会う機会を求めていなかったし、イルゼ自身が手紙を書いたり、本を選んだりという比較的地味な仕事を好んでいたせいもある。

「本当か？」

「ええ。侍女にはそれぞれ、特技がありますから」

嘘とは言えない、無難な回答だった。

「あら、お兄様は拗《す》ねていらっしゃいますの？」

「当然だろう」

じっ、と澄んだ青い瞳がまっすぐにイルゼに向けられている。

最終的に同意したとはいえ、婚約は秘密を漏らさないための強制的なものだった。イルゼはそれを忘れてはいないのに、油断すると勘違いしそうで不安だった。

さすがに大国を統べる君主は、身内すら納得させられるほどの演技力を持っている。

ヴィルフリートに見つめられると居心地が悪い。目を合わせられなくて、イルゼは下のほうへ視線を動かす。すると、空のカップが目に留まった。

「陛下、新しい紅茶をお持ちいたしましょうか？　……あっ！　ごめんなさい」

イルゼはつい、普段の癖で紅茶のおかわりを勧めてしまった。言い終わってからそれは侍女の仕事だと気づき、慌てて謝罪をした。

「いや、ありがとう。君はツンとしているようでいて、馴《な》れてくるとコロコロと表情が変わって本当に猫みたいだな？　……そうそう、この中庭では最近よく猫を見かける。昨日出会った黒猫は、さわり心地がよかったのだが」

なにか意味ありげな言葉だった。

猫というのは、昨日からイルゼに対するたとえとして何度か使われている。

そして一度目は、盗み聞きをする間者の疑いをかけられていたときに使っていたのではないだろうか。

（今回は、本当に盗み聞きをしている者がいるのかしら……？）

しばらく観察していると、ヴィルフリートが空のカップを弄び、持ち手を不自然な方向に向けた。その方向に誰か潜んでいると言いたいのだろう。

「……陛下は猫がお好きなのですか？」

なんとなくまた試されているような気がして、イルゼは言葉を選びながら、彼の真意を探ろうと試みる。

「好きだよ。ただ、猫は気まぐれだからな。……野良猫がいたら、つい拾って洗ってやりたくなるのだが、懐《なつ》くかどうかが問題だ」

つまり、捕獲して、聞き耳を立てていた目的を洗いざらいしゃべらせたい、ということだろう。どの勢力が送ってきた間者なのかは、ぜひ把握しておきたいところだ。

友好的とは言えない周辺国のどこか、もしくはヴィルフリートの異母兄ゲオルクの可能性もあるだろう。

東屋の周囲には護衛の近衛兵がいる。ヴィルフリートが彼らにあやしい者の捕縛を命じないのは、近衛兵が動きを見せれば、その瞬間に間者が逃げ出すと予想できるからだ。

東屋の周辺には草木がない。茂みに隠れている間者からは、こちらの様子がよく見えているはずだから、下手に動けない。別の者を間者の背後に回り込ませるためにはどうしたらいいのか、イルゼは思考を巡らす。

「スザンナ様。せっかく陛下がいらっしゃるので、ベンタット産の紅茶を淹れていただけませんか？」

イルゼはそんな提案をしてみた。ベンタットは海を渡った南の大陸にある国の名だ。良質な茶葉の産地で、このトドルバッハの宮廷でもよく飲まれている。

まろやかで優しい味わいだが、ほんの少し癖がある。その独特な風味が損なわれないように、ストレートで飲むのが一般的だ。

紅茶にこだわりのある者の前で、ベンタット産の茶葉にミルクを注いだら、きっと笑われるか怒られるかのどちらかだ。

マリアンネは甘党で、ストレートティーを好まない。当然、マリアンネの侍女がベンタット産の紅茶をとっておきの品として用意することは絶対にないのだ。

だから、これは侍女の隠語で「ありえない事態が起こっている」という意味となる。

さらにここにはない茶葉を持ってくる必要があるため、「あなたはここから離れなさい」という指示でもある。

この指示だけでは不十分だ。

イルゼは、東屋を離れるスザンナがなにをすべきかを伝える方法を、必死に考えていた。

「それは名案ですね、イルゼ様。少々お待ちください。準備して参りますから」

「あぁ、そうですわ。せっかくですから、先日手に入れたばかりのエメラルドグリーンの釉薬《ゆうやく》がかかったカップを陛下にご覧いただきたいです。そちらの用意もお願いしますね？」

これも侍女の隠語だった。

宝石のエメラルドは四角形の角を削り、八角形にカットされるのが一般的だった。八という数字から八本足の蜘蛛《くも》を、蜘蛛からさらに連想させて、ひっそりとその場に存在し聞き耳を立てる間者を意味する暗号になる。

ほかにも、八を連想させる言葉はいくつか用意されていて、臨機応変に自然な会話になるようにしながら伝えることになっている。

（一以外の番号をはじめて使ったわ……）

よく使うものほど若い番号になっていて、頻繁に使う一は害虫を意味する。一を表す隠語としては「煙突」、「刺繍針《ししゆうばり》」などが用意されている。

たとえば、「刺繍針が折れたり、錆《さ》びたりしていないか、確認してきてくださらない？」と言えば、「虫の得意なあなた、撃退してくださらない？」の意味だ。

もちろん主人であるマリアンネも、隠語のことは知っているのだが、あえて不愉快な存在の名を口にしないというのが、宮廷勤めの女性たち共通の美意識なのだった。

イルゼは最後に空のカップに視線を落とす。ヴィルフリートの乳母であるスザンナが、不自然な持ち手の位置に気づいてくれることを願いながら。

スザンナは心得た様子で、あくまで自然な振る舞いで東屋から離れていく。

東屋に残る三人は、間者が捕縛されるまで無難な会話を続ける。

「なつかしい者の話をしたせいか、久々に林檎《りんご》のケーキが食べたくなったな」

「林檎のケーキですか？　……もしかして、スザンナ様のお孫さんの好物だという？」

スザンナはイルゼにもよく孫の話をする。五歳になる孫が遊びに来るたび、好物の林檎のケーキを焼くという話は聞いていた。

スザンナ自身が母親から習った秘伝のレシピがあるとのことだ。

イルゼの言葉にヴィルフリートが頷く。

「宮廷の菓子職人が作るケーキとは違った素朴な味わいで癖になる。子供の頃は、よく作ってほしいとせがんだものだ」

お菓子を焼いてほしいと乳母にねだるヴィルフリートの姿など、イルゼには想像できなかった。

イルゼにとってヴィルフリートは、婚約者ではあるもののまだ気を許せない相手だ。

まともに言葉を交わしたのは昨日がはじめてで、彼の人となりをよく理解していない。

ただ、なによりも皇帝としての責務を重んじる人だというのはわかっていた。他人にも立場に準じた責任を求めるせいで、冷酷な人に見えてしまう。

「……フフッ」

彼にも、可愛らしい幼少期があったのだ。それがほほえましくて、つい笑ってしまった。

「なにかおかしかったか？」

「意外だったのです。……陛下の小さな頃はどんな少年だったのでしょう？」

「私は昔から、面白みに欠ける人間だ。……聞いてもつまらないだろうよ」

マリアンネが何度も深く頷いて、同意を示す。つまらない――という部分への賛同のようだった。

「確かに、お兄様は昔からあまり変わっていませんわ。学問にも剣術にも熱心でいらっしゃいましたが臣や教師が困るような質問ばかりしていて、教える方は大変だったはず。ひねくれた理屈屋で、さぞ扱いづらい子供だったに違いありません」

「おい、マリアンネ！」

ヴィルフリートにたしなめられたマリアンネは、いたずらっぽく笑う。

間者が聞き耳を立てている状況を忘れてしまうくらい、他愛《たあい》もない会話だった。

「お二人はとても似ていらっしゃるのですね」

髪や目の色、容姿が似ているのは誰もが同意するだろう。

ヴィルフリートは自分にも他者にも厳しい皇帝。マリアンネはほがらかで心優しい皇女、というのが世間の評判であり、性格は正反対に思える。けれど――。

「どういう意味ですの？　お兄様と似ているだなんて、不満しかありませんわ」

「……だって、はじめてお会いしたとき、マリアンネ様はひねくれ者だった記憶がございますもの」

イルゼとマリアンネが出会ったのは、今から九年ほど前のことだ。

当時、母親を亡くして気落ちしていたマリアンネに、友人を用意しようという大人たちの意図があり、同世代の令嬢たちが頻繁に宮廷に招かれていた。

イルゼも母親に連れられて、十人ほどの令嬢たちが集う茶会に出席した。今でも社交的とは言えないイルゼだが、小さな頃はもっとその傾向が強かった。

興味のある話題になら食いつくが、誰かを喜ばせるための会話などできない。

目の前では、「さすがは皇女殿下、すばらしいお考えですわ」という言葉が呪文のように繰り返されていた。

最近読んだ本はなにか、来年はどんな色が流行するか、どんな花が好きか。——皆が「さすがは皇女殿下」という言葉をいの一番に言うために牽制し合う。

イルゼは子供だったからこそ、皇族と親しくなり自分や家に利益をもたらそうなどという考えを持ち合わせていなかった。だからしらけてしまって、極力目立たないように聞き役に徹していた。

皇女の友人などに選ばれたら、ずっとこんなことを続けなければならないのかと考えただけでうんざりだった。

ただ、マリアンネは賞賛の言葉に笑顔で答えつつ、まるで喜んでいない気がしていた。

茶会が終わると、なぜかイルゼだけ残るように命じられた。

気に入られる要素がまったくなかったため、積極的に賞賛しなかったことで咎められるのだとイルゼは覚悟した。

きっと先に帰った令嬢たちもそう思っていたに違いない。イルゼを横目に見ながら去る彼女たちは、まぬけな少女を哀れんでいた。

「イルゼのお母様は、わたくしに気に入られるように努力しなさいとはおっしゃらなかったのかしら？」

やはり咎められるのだろう。イルゼは伯爵家の両親と兄に心の中で謝罪した。けれど、上手な言い訳が見つからず、仕方なく本音を口にするしかなかった。

「もちろんそうなれたらいいと母も言っていました。ですが、あとからボロが出るくらいなら、無理をしなくていいとも言っていました」

宮廷を訪れる前に母が言っていた言葉をそのまま伝えると、マリアンネは腹を抱えて笑いだす。イルゼより一つ年下の彼女が、はじめて年相応に見えた。

「わたくし、お友達がほしいの。でも、それはわたくしのすることをなんでもほめてくれる人ではないと思うの。大人たちは子供のわたくしなら、簡単に騙せると思っているのかしら？」

本音を打ち明けてくれたマリアンネは、とても魅力的な笑い方をする素直な皇女だった。

彼女となら、友人になりたいとイルゼも思えた。

この日を境に、イルゼはマリアンネの話し相手として時々宮廷に呼ばれるようになったのだ。


「そんな出会いだったのか……。はじめて知った」

ヴィルフリートは、マリアンネとイルゼが親しくなるきっかけのエピソードを時々相づちを打ちながら聞いてくれた。

「なつかしい思い出です」

「よい話が聞けた。だが、イルゼだって人のことをとやかく言う権利がないくらい、昔から変わらないのではないか？」

向けられている瞳は優しげで、けれど言葉に遠慮はない。悪い意味で、昔から変わっていないと言っているように聞こえた。

「私だって成長しています！　今はお世辞も言いますし、場の空気を読んで適切に行動していますよ。大人なんですから」

マリアンネと変わらぬ友情を育《はぐく》んでこられたのは、イルゼがただ物怖《ものお》じせずに本音ばかりを口にする性格だからというわけではない。

身分の差をわきまえて、ごく個人的な女性同士のおしゃべりの範囲で自由な発言をしてきたつもりだ。

たとえばイルゼは、これまでマリアンネに対し、なにかの便宜を図ってほしいと依頼したことがない。

侍女になる前から皇女とは親交があるのに、ヴィルフリートとの接触を控えていたのも同じような理由からだ。

「……フッ、そうだな……わかっているつもりだ。そんな君だから、私は妃に望んだのだ」

「ご理解くださっているのなら、それでいいのですが……」

言葉は尻つぼみになり、顔が火照った。

ヴィルフリートが言っているのは、彼の〝妃の条件〟にイルゼがあてはまるということであり、それは異性に対する好意とは違う。

それでも、男性に馴れていないイルゼは気恥ずかしくなり、思わず彼から目を逸《そ》らす。

その後はイルゼにとってはなかなかに苦痛な時間となった。マリアンネは一目で恋に落ちた二人の話を聞きたがるし、ヴィルフリートは甘ったるい。

東屋から逃げ出したい気持ちが限界に達する寸前、植え込みの向こうがわずかに騒がしくなった。すぐに数名の近衛兵と拘束された男がイルゼたちに近づいてくる。

「お騒がせしております、陛下」

近衛兵の一人が敬礼をした。彼のすぐ横には縄で縛られた男がひざまずいている。

「ご苦労。……そなたは何者だ？」

ヴィルフリートは立ち上がり、近衛兵に声をかけたあと、捕らえた男の前に立つ。

「……は……はい。わたしは先週からこちらでお世話になっております、庭師でございます。決してあやしい者ではございません」

なんだか既視感を覚えるイルゼだった。昨日の自分を見ているような感覚だ。

「確かに格好は庭師だ。……だが、先ほどから剪定《せんてい》している様子もないし、身を潜めたまま動く気配もなかった。ごまかせると思うなよ」

急に声色が変わった。追求されている男だけではなく、周囲にいる者にまで畏れを与える皇帝の威厳が感じられた。

普段、清廉な印象だからこそ今のヴィルフリートが恐ろしい。

イルゼの場合、自分も一歩間違えれば同じように冷たい瞳に見下ろされていたのだと思うと、背筋が凍った。

「ひ……っ！　私は、……ただの、庭……」

「もうよい。……この者は連行し、身元と宮廷に上がった経緯を念入りに調査するように」

「はっ！　失礼いたします」

茶会の警備にあたっていた者を残し、近衛兵が敬礼をしてから立ち去っていく。

入れ替わるようにスザンナが戻ってきた。安全のために足止めをされていたようだった。

新しく用意されたお茶はもちろんベンタット産ではなく、マリアンネが好む産地のものだった。

「イルゼもスザンナもよくやってくれた。おかげで生け捕りにできた」

せっかくのお茶が冷めないうちに口をつけたあと、ヴィルフリートが二人を労《ねぎら》った。

「陛下のお役に立てて、なによりです」

「イルゼ様の功績ですよ。私がお教えしたことをよく覚えておいででした。きっとお立場が変わっても、こちらに勤めてから学んだ知識は、あなた様のこれからに大いに役立つでしょう」

イルゼがマリアンネの侍女として宮廷で働いたのは、結局三ヶ月だけだった。まだ半人前のうちに辞めることになってしまったのは心残りだ。

そんなふうに考えているイルゼだから、スザンナの言葉は嬉しかった。

「ではイルゼ。褒美はなにがいい？」

冷徹な彼はもういない。イルゼに対してはどこまでも柔らかい表情だ。

「私は陛下の臣ではございませんから、褒美など必要ありません」

経緯はどうであれ、婚約者や妃がなにか相手の役に立ったとして、毎回褒美を与えるのはおかしいとイルゼは考えていた。

「そなた……。皇帝からの褒美を断るな」

彼はやれやれと肩をすくめる。

イルゼは意味がわからなかった。この婚約に愛がないものだとしても、妃の役割を全うする覚悟があるのだから、今の発言は正しいはずなのに。

「私は、これからも常に陛下をお支えするつもりです。陛下のお役に立つたびに褒美などいただけません」

少なくとも、二人のあいだで交わしている約束が消えないうちは互いに助け合うのは当然だ。イルゼが真面目に補足をすると、ヴィルフリートが急に笑いだした。

「なるほど！　毎度褒美を与えていたら、国庫が空になるほど私に尽くしてくれるというのか。これはまいったな……最高の殺し文句だ」

「そこまでは言っておりません。ただ、ものではなくて――」

途中まで言いかけて、言葉に詰まる。もしかしたら、ものではない対価を皇帝に支払えというのは、褒美を要求するよりもずっと強欲だったかもしれない。

「言いたいことはだいたいわかった。そうだな、私の臣ではないというのならば、君は私を名前で呼ぶべきだと思うが？　……今、ここで呼んでみるといい……ほら、ヴィルフリート、と……」

「そのような大それたこと、望んでおりません！」

イルゼは慌てた。臣ではないと言ったのは、無償であるという意味であり、対等だからという主張ではなかった。

皇帝を名前で呼ぶことは、肉親にしか許されない。彼はイルゼを今後どういう立場に据え置くのか、呼称の変更によって明確に示そうとしていた。

「だめだ。妃になると了承したのは君なのだから。……そうだろう？」

彼はマリアンネやスザンナにも同意を求め、イルゼを追い詰める。

皆の期待が集まり、もう引き返せない状況だった。

「……ヴィ……ヴィルフリート様？」

遠慮がちに、イルゼははじめて彼の名前を呼んだ。

「悪くない。名前くらいでいちいち照れる君は可愛らしい」

そう言って、彼はイルゼの頭を撫でた。すぐには終わらず、そのままいっすぐなブルネットの髪の感触を確かめ、弄んでいる。

なぜか髪がそっと払われて、耳たぶや首元に視線が向けられた。

「あの……」

髪には感覚はないはずなのに、触れられている部分がじんわりと熱くなる気がした。可愛らしいなどと言われた経験がないせいだ。

しかもマリアンネやスザンナの瞳がキラキラしていて、後ろめたい部分のあるイルゼはいたたまれない。

「嫌なのか？　君の父上の許可もあるし、正式な婚約者なのだからこれくらいかまわないはずだ」

「嫌ではありません。でもどうして頭を撫でるのですか？」

それは婚約者同士のふれあいとして一般的なのだろうか。イルゼはなんとなく、違うような気がしてならなかった。

「……撫でたいからだ。それから、君にはどんな色の宝石が似合うかを考えていた。ルビーか、サファイヤか……なんでも似合いそうで困るな」

「ですから、褒美はいらないと申し上げました」

「わかっている。だが、婚約の記念になにか贈るのは当然だと思わないか？」

「……そう、でしょうか？　わかりません。以前の──」

イルゼは実体験を語るつもりだった。元婚約者からなにかをもらった記憶はないから、贈り物が常識かどうかわからなかったのだ。

けれど、ヴィルフリートが人差し指をイルゼの唇にあてたせいでなにも言えなくなってしまった。

咎める視線は過去の男を引き合いに出すなという意味に違いない。

「そうだ、ルビーがいい」

ヴィルフリートは愛するが故に望んだ本物の花嫁のようにイルゼを扱う。

妹のマリアンネや親しいスザンナを安心させるためにそうしているのだろう。それでも油断すると愛されていると錯覚してしまうほど、彼は完璧な婚約者だった。

第二章　妃候補は溺愛される

皇帝の婚約者としての日々がはじまった。

まずは侍女用の部屋から、同じ宮の中にある広い部屋に移る。イルゼ個人に侍女や下働きのメイド、妃教育をする教師がつけられた。

伯爵令嬢であるイルゼは宮廷で暮らすことに問題のない教養とマナーをすでに身につけている。教師が教えてくれるのは、宮廷内での催し物や儀式における妃の役割や立ち居振る舞いだった。

難しいのは言葉遣いや態度だ。不遜な態度もいけないが、他者に侮られ見下されることのないように気をつける必要もある。

最初に行われる大きな行事が、ヴィルフリートとイルゼの婚儀だ。婚儀は半年後の予定で、すでに準備がはじまっている。

イルゼの中で、婚約に至った理由が引っかかっていて、本当にこのまま進んでいいのだろうかという迷いは消えてくれない。

王侯貴族の婚姻など家同士の結びつきが優先され、伴侶に対する思いやりさえあれば、相手に恋をする必要などないというのに。

（一度目の婚約のときは、顔合わせすらしていない頃にほぼ決まっていて……迷いもなかったのに……）

その失敗が響いたのだろうか。イルゼは政略結婚だと割り切っていいものなのかがわからなくなっていた。

それにこの婚姻には、政略的な意義があるのか疑問だ。

ヴィルフリートがイルゼを人として信用しさえすれば、婚姻による束縛など不要なものに成り下がる。逆に、信頼関係が成り立たないままならば、束縛は必要だが結婚相手としては不適合ではないのだろうか。

矛盾していて、だからこそ絶対に幸せになれない婚姻を結んでしまったのではないかと不安になる。

そんな思いを忘れてしまうほど、イルゼの毎日は多忙だった。組まれた予定どおり、言われるままに過ごしていたら、あっという間に婚儀の日を迎えてしまいそうだ。

不安を抱えているイルゼだが、ヴィルフリートの婚約者となってから一番心を痛めているのはかつての同僚との関係だった。

婚約から十日後。この日はヴィルフリートと昼食を一緒にとる約束をしていた。

「本日は、陛下からこちらのドレスを着るようにとのご指示をいただいております」

侍女が広げて見せたのは、まるでルナリアの花のような濃いピンク色のデイドレスだった。ヴィルフリートがドレスの色を指定するのは、おそらくパートナーとしてのバランスを考慮してのことだ。

「どなたか同席されるのかしら？」

ごく個人的な食事の席ならば、衣装の色などわざわざ指示しないだろう。もし同席者がいるのなら、それが誰かを把握しておかないと困ったことになる。

「いいえ、本日はお二人だけとうかがっております」

「そう……？　変ね……」

ヴィルフリートの意図がわからないイルゼは首を傾《かし》げた。けれど早く支度を進めないと、昼食会に間に合わなくなる。

まずはシュミーズ一枚になって、コルセットを身につける。

「うぅ……。ちょっと、苦しいわ……少しゆるめてください」

下働きのメイドたちがコルセットをこれでもかというくらいきつく締めつけた。これから昼食だというのに、さすがにやりすぎだった。

「なにをおっしゃいますの？　イルゼ様、せっかくの機会ですもの。完璧に仕上げなくてはいけませんわ」

つい先日まで同僚だった侍女が、そう言ってイルゼを励ました。

「でも……」

「きっと、皇帝陛下もイルゼ様の美しいお姿にお喜びになるはずですよ。さぁ、あと一息ですわ」

侍女はヴィルフリートに見初められたいと夢見ていた者の一人だ。

はっきりと口にしているわけではないが、皇帝に興味がないはずだったイルゼが近い将来の妃として扱われることを、不満に思っているはずだ。

そんな彼女がイルゼを美しく着飾るために助言をくれたのだ。

だからイルゼはどうしても嫌だとは言えず、綺麗《きれい》にドレスを着せてくれた侍女やメイドに感謝するしかなかった。

化粧を施してもらい、髪を結っている最中に来客があった。まだ約束の時間には早いのに、ヴィルフリートが迎えに来たのだ。

彼は支度部屋までは入らずに、メインルームで待っているという。

支度中のイルゼに代わって、先ほどの侍女がヴィルフリートへの対応をした。

扉越しにヴィルフリートと侍女がなにか会話をしているのはわかったが、内容までは聞き取れない。

あとはアクセサリーを選ぶだけとなった頃、ヴィルフリートが支度部屋の扉を開けた。

「終わったか?」

「まだアクセサリーが……」

「いや、私がそれでいいと言ったんだ。婚約の記念になにか贈ると約束しただろう?」

彼が持っていたのは宝石箱だった。細かいクリスタルがちりばめられて、箱そのものにも価値がありそうだった。

ヴィルフリートがイルゼを鏡台の前に座らせる。それから台の上に箱を置いて、開いて見せた。

中にはルビーのイヤリングが収められていた。大粒で色のそろった二粒の貴石だ。

色合いは深いのに澄んでいて、おそらく熱を加えていない天然の石だと予想された。

さっそくそれを手にして、彼は自らイルゼの耳にイヤリングをつけてくれた。耳たぶに触れる手つきは優しく、途中で石の重みを感じるようになる。

なんだか落ち着かなくて、イルゼは身じろぎをした。

「どうかしたか？」

鏡越しに目が合うと、胸が高鳴った。

「あの……嬉しいです。ヴィルフリート様はそういったものに興味がないとおっしゃっていたので、なおさら」

ドレスの色を指定したのは、このイヤリングに合わせるためだった。

無駄を嫌う性格のはずなのに、こんな演出をしてイルゼを喜ばせる。

理想的な婚約者であろうと努力してくれているから、契約で成り立っている婚約だということを忘れそうになる。最悪の出会いをしたのに、もっと知りたいと思ってしまう。

「あれは失言だったが、君も大概だな……。一言多いぞ」

そう言って、彼はイルゼの頬を摘まんで、軽く引っ張った。痛みはなく、恋人同士のじゃれあいのようだった。

「君に贈るものを選ぶ過程で気づいたのだが、自分の妃になにが似合うかを考えるのは、それなりに有意義だった」

「……フフッ」

ばつの悪そうにするヴィルフリートは普段の彼よりも親しみやすく、イルゼはつい笑ってしまった。

「喜んでもらえてよかった。……ドレスもイヤリングもよく似合っている。君は笑うといっそう可愛らしいな」

またイルゼにふさわしくない言葉を口にする。彼は真面目な人柄だ。理想的な婚約者への接し方を知っていて、イルゼをほめるのもその一環なのだろう。けれど、その言葉には違和感がある。

「私に対してはお世辞なんていりません。疲れてしまうでしょう？」

支度を手伝ってくれた者たちは、気を利かせて退室してくれている。二人きりならば甘い言葉は不要のはずだった。

「なぜ私が婚約者に世辞など言わなければならない？　皇帝である私がそんな面倒なことをするわけがないだろう」

ふてくされながらも、ヴィルフリートはイルゼに手を差し出した。そろそろ移動の時間だ。

イルゼは素直にその手を取りながら、彼の言葉の意味を考えた。お世辞でないのなら、本心という意味になる。

「なんだ？」

「ヴィルフリート様は、変わっていらっしゃると思いまして」

真面目で強い人という印象の皇帝だが、じつは変わり者なのだ。求婚の仕方もおかしかったし、イルゼを本気で可愛いと思っている部分もそうだ。

そのままヴィルフリートにエスコートしてもらいながら、二人は私室を出た。


昼食の席は、イルゼたちが住まう宮から離れた建物の一室に用意されている。その建物の近くにはミモザの木が植えられていて、ちょうど見頃を迎えている。

せっかくだから春のはじまりが感じられる部屋で食事をしようというのが、ヴィルフリートの提案だった。

建物同士を繋いでいる回廊を歩いていると、遠くから誰かの話し声がした。

「……面倒な者の声がする」

「ヴィルフリート様？」

彼が歩みを止めるので、イルゼも、護衛の近衛兵もそれに従った。

「話が違うではありませんか！　必ず息子を取り立ててくださると」

男性の切羽詰まった声だった。

「なにを言っておるのだ？　推薦人になってほしいというから、そうしてやったまで。そなたやそなたの息子が至らぬのを私のせいにしないでくれ」

回廊から望める木の陰に二人の男性が立っている。

一人はイルゼたちに背を向けて、身体の半分は木に隠れていた。見えている部分だけでかなり恰幅《かっぷく》のよい人物だとわかる。

もう一人はほっそりとした初老の男性だった。

会話から、恰幅のよい男性のほうが身分が高く、細身の男性は自分の息子をなんらかの役割に取り立ててもらおうとしていたという状況が推測できた。

「兄君の推薦をはね除《の》けるのは、たとえ皇帝陛下でもありえないと殿下はおっしゃったではありませんか！　……だから私は私財をなげうって……」

現在この宮廷内で殿下と呼ばれている男性は、ヴィルフリートの異母兄ゲオルクしかいない。

細身の男性の位置からは、皇帝の姿が見えるはず。けれど動揺していて視野が狭くなっているのだろうか。明らかに穏やかではない話をしているのに、声を抑えることすら失念している。

「そなたが善意で送りつけてきたのだろう？　見返りを求めて贈り物をするなど、なんと卑しい……。それではまるで賄賂ではないか！　皇族である私が、不正をしたと……そなたはそう言いたいのか?」

「そんな……っ!」

ヴィルフリートのほうをチラリとのぞき見ると、先ほどまでイルゼに見せてくれた表情がすべて消え失《う》せていた。

冷え切った様子の彼は、美しいのにぞわりと鳥肌が立つほど恐ろしい。

ゲオルクたちの会話はまだ続いている。

「それに、そなたはこうも言ったな? 身分ある者の推薦さえもらえれば、息子は必ず要職に取り立てられるはずだ、と」

細身の男性も、宮廷内に出入りができる身分を有する貴族だ。けれど上流階級の者のみが集まる国の中枢では、貴族の中で差があるのだと思い知らされる場合がある。

取り立ててもらえないのは身分が足りないせいだという不満は、貴族が口にしてはいけない言葉だとイルゼは思う。

それを言ってしまえば、平民も含め平等に取り立てられるようになったとき、自分たちの今の評価が本当に正しいのか疑問だ。もっと上の地位を望む向上心はすばらしい。だとしても、足りないものを金品で解決しようとすれば、能力を自分で否定することに繋がりはしないか。

（ヴィルフリート様は、有能な人材を身分に関係なく取り立てていらっしゃるはず）

トドルバッハ帝国は、ヴィルフリートが皇太子だった時代から少しずつ改革を推し進めている。それまで、家柄と人脈がすべてだった国のあり方に変革をもたらした。

たとえばヴィルフリートの側近、アンブロスは男爵家の出身だ。皇帝と直接会話をする立場の者としてはかなり身分が低かった。

皇帝は、有能であれば平民の学者にも意見を求め、専門的な知識を持っている者からの提案に積極的に耳を傾けている。「皇帝陛下が慣例を破って……」という話はここ数年よく聞く言葉だ。

ヴィルフリートは、制度を根本から覆すような改革は行っていない。家柄をなによりも大事にする高位の貴族たちを上手くなだめつつ、少しずつ新しい風を吹き込むような政治を行っているのだ。

イルゼの認識とは真逆の発想で皇帝に取り入ろうとした者が許せず、彼女は拳を握りしめた。ゲオルクのしていることは、ヴィルフリートの足を引っ張り、皇帝の権威を傷つける愚行だった。

半分しか血の繋がりがないのだとしても、これが兄のすることなのだろうか。

「そんなに怖い顔をしていると、せっかく着飾ったのが台無しだ」

ついさっきまでの様子が別人だったと思えるほど、ヴィルフリートは落ち着きを取り戻していた。

「ヴィルフリート様……あの……」

「君が怒ってくれたおかげで、私のほうは毒気を抜かれたようだ」

彼はイルゼの耳たぶとイヤリングに触れた。憤りを隠せていないイルゼに、落ち着くようにと促しているのだ。

「あの方がゲオルク殿下ですよね……？」

まだなにやら揉めているゲオルクたちを無視し、ヴィルフリートは再び歩きだした。

「そうだ」

「放っておいてよろしいのですか？」

あれでは詐欺師と同じだ。しかも本当にゲオルクはヴィルフリートの兄なのだ。たとえ仲が悪い異母兄弟だったとしても、ヴィルフリートに火の粉がかかる可能性はある。

「兄上になんの力もないことなど、まともな者はわかっているはずだ。……おかしな動きをしないように、調査させるから問題ない」

ゲオルクは先帝と愛妾とのあいだに生まれた庶子である。

この国の帝位継承に関する法では、正式な妃の子が次の皇帝となる。だからヴィルフリートは長子ではないが皇帝となったのだ。

けれどもし、ヴィルフリートになにかあれば、次の皇帝は今のところゲオルクだ。

（ヴィルフリート様はゲオルク殿下が次の皇帝になることを恐れているのね……）

彼の中に、皇帝という地位に対する執着がどれくらいあるのかは定かではない。

それでも、ヴィルフリートが自分の欲を満たすために皇帝という地位にしがみつこうとしているようには見えなかった。

イルゼが秘密を知ってからまだ十日ほどだが、ヴィルフリートの真面目さや政策の公平さは十分に知ることができた。そして理想が高く、それに比例しての苦労が絶えないのも想像ができた。

一方、ゲオルクはどうだろうか。地位を利用し、他者を騙しおいしい蜜を吸おうとたくらむだけの男ではないか。

イルゼはヴィルフリートに脅されて婚約者になった。嫌悪感を抱けないのは、彼がただ帝国の政治的混乱を避けようとしているのがよくわかるからだ。

イルゼの中には、彼と彼の秘密を守らなければという使命感が確かに存在していた。けれど悲しいことに、彼からの信頼を得ればイルゼが妃になる必要性はなくなるという矛盾を抱えたままだった。

イルゼは、胸の中にあるモヤモヤとした感情をコルセットを締めすぎたせいにして、それ以上深く考えるのをやめた。

◇　◇　◇

葉の緑が見えなくなるほど満開のミモザの花を眺めながら、二人は同じテーブルを囲む。

ゲオルクの話題には触れないようにしながら、しばらく互いの趣味について語り合う。

「イルゼも、『アーレンスの航海日誌』を読んだのか」

まずは最近読んだ本の話題だった。

「はい、とてもわくわくする物語でした。異国の姫と出会って、困難を乗り越えて……」

それは実体験をもとに書かれた物語だ。

表題になっているアーレンスというのは船長の名前だ。それまで陸路でしか到達できなかった遥《はる》か東の国に、はじめて海路でたどり着いたときの日誌を脚色した冒険譚《ぼうけんたん》が『アーレンスの航海日誌』である。

途中で嵐に見舞われて遭難しかけたり、異国の女性と恋に落ちたりという脚色はあるものの、アーレンス船長の活躍によって新しい海路が確立されたのは本当だった。現在複数の国が関わって、中継地となる港の整備が行われている。

今後トドルバッハ帝国も、東の国々との交易をはじめる予定だ。

「他国を介さない交易……興味深い……。それに、このところの造船技術の進歩も目を見張るものがある。イルゼもそう思わないか？」

イルゼは物語として本を楽しんだ。予想どおりだが、ヴィルフリートの興味は物語そのものではなかった。

冒険譚の中に紛れている実話部分にのみ関心があるのだ。

「海路になれば、交易品の市場価格が変わり、今まで入手不可能だったものが手に入るようになりますね」

「そうだな。イルゼは今後どのようなものが流行《はや》ると思う？」

「流行の先読みはできませんが、絹織物が安く手に入ったら嬉しいです。それから鮮度の問題で運べなかった果物、繊細な工芸品などにも興味があります」

頭の中に東の国の特産品をいくつか思い浮かべてみた。

イルゼが外国に興味を抱くきっかけとなったのは、将来の結婚相手が外交官であると疑わなかったからだ。今となっては苦い思い出だが、得た知識は無駄にしたくない。

「高価なもの、鮮度の維持が難しかったもの、……そして悪路では運べないもの――君はそう言いたいわけだな？　いや、すまない。いつの間にか本の話題から離れてしまった」

「いいえ、私はとても楽しいです。交易には夢がありますもの」

経済——つまり金儲《かねもう》けの話を令嬢がするのは、好ましくないと言われている。それも令嬢から妃という立場に変われば、積極的に語っても咎められないのだろうか。

少なくともヴィルフリートは、イルゼとそういう話をしたいようだった。

「そうか」

結局、ほかの話題に変わっても知らないうちにまた政治や経済の話題に逸れていく。それはヴィルフリートがイルゼに対し、遠慮せずに好きなことを語っている証拠だ。

だからイルゼも彼との語らいを楽しんだ。

ところが、食事が運ばれてくると状況は一変する。

コルセットの締めすぎが災いし、前菜を食べ終えただけで、もうそれ以上食事が喉を通らなくなってしまったのだ。

「……どうしたのだ？　顔色が悪い」

「そうでしょうか……私は元気ですわ！　お食事もとてもおいしいです」

ヴィルフリートを心配させまいとしてイルゼは笑って見せた。

「唇が青くなっているのが隠せていない。……まさか、毒ではあるまいな？」

そう言って、彼はフォークとナイフを置いた。毒を盛られた可能性を疑われては、無実の給仕や料理人に申し訳がなさすぎる。

「違うのです！　ヴィルフリート様。毒ではなくて」

「だったらなんだ？　冷や汗までかいているではないか⁉　すぐに医者に診せなければ」

ヴィルフリートが立ち上がり、イルゼを抱きかかえる動作をした。彼女は必死になって、首を大きく横に振り、彼を拒絶した。

「本当に平気です。……コルセット……が……」

「コル……？」

「コルセットを締めつけすぎて、今にも倒れそうなのです。申し訳ございません！」

勢いよく言い放つと、自然と声が大きくなってしまう。

直後にその場が静まり返る。ヴィルフリートも給仕の者も、皆が固まってなにも言えなくなっているのがイルゼにも伝わった。

急にうつむいたヴィルフリートの肩は震えている。明らかに笑いをこらえているのだ。

「そう、だったのか……女性の苦労は私にはわからないから……な……。一度部屋まで送ろう」

ヴィルフリートは婚約者に対して、どこまでも優しかった。食事を中断し、わざわざ部屋まで送り届けてくれたのだ。

イルゼは恥ずかしさと申し訳なさで、ずっと下を向いていた。

◇　◇　◇

昼食を途中退席したイルゼは、私室のソファで横になっていた。

侍女だった頃よりも、部屋で過ごす時間はなぜか落ち着かない。

(皇帝以外、誰にもかしずく必要のない――でも、誰にも気遣いをしなくていいわけじゃないのよね……)

婚姻により妃という称号を手に入れた場合、誰かに頭を下げることは確かになくなるのだろう。けれど、侍女だった頃以上に、誰かの顔色をうかがっている気がしていた。

名君だというヴィルフリートの評判を落とさないように、彼の婚約者として皆に尊敬されるように、嫌われないように――けれど、威厳も必要で。

おそらくヴィルフリートも努力の結果、すばらしい皇帝となったに違いない。

今、イルゼが感じているものとは比較できないほどの重圧がのしかかり、苦しみ、足掻《あが》いているはずだった。だからこそ、イルゼは弱音を吐きたくないのだ。

今回はぎくしゃくしていた元同僚との関係修復を優先しすぎて、コルセットをゆるめてほしいという本音を隠したのが過ちだった。

（もっと上手く立ち回れるようにならないと……）

元同僚やメイドたちはイルゼが部屋に戻ると心配し、すぐにゆったりとした服への着替えを手伝ってくれて、胃薬も用意してくれた。

イルゼは、せっかく着飾ってくれたのに期待に添えなかったことを謝罪したあと、休息を取るために人払いをした。

（最初から、なにもかもが上手くいくわけじゃないのだから、焦ってはだめ）

昼食のあとも本来なら、予定がたくさんあった。けれどヴィルフリートの命で、すべてキャンセルされた。

気分が悪いときに、なにかを覚えようとしたり、細かい文字を読んだりしたら間違いなく悪化するだろうから、彼の優しさは嬉しかった。

同時に申し訳ないと感じ、自己嫌悪に陥った。婚約者――妃は皇帝を支えるべきであり、煩わせるなど言語道断だ。

不甲斐《ふがい》ない自分を振り返っているうちに、イルゼは睡魔に襲われた。

体調不良もあったので、熟睡しているというより、起きているのか寝ているのかよくわからないような感覚だった。

　一時間ほど眠っていたのだろうか。イルゼはまどろみの中で女性の声を聞いた。

「あーあ、知らなかったわ。陛下がいらっしゃる場所へあえて行かないことが、逆に陛下の目に留まる理由になるなんて」

　自分についての話をしているのだと感じると、急激に意識が覚醒した。パチリと目を開けると、私室にいるのはイルゼだけ。眠る前と同じく静かだった。

「興味のないふりをして、ほんとあの子ってしたたかよね？」

　また声が響く。おそらくイルゼ付きの侍女たちが続き部屋でおしゃべりをしているのだろう。

「あの子、じゃないでしょう？　イルゼ様って呼ばないと……不敬罪になるわよ」

「はいはい、正式にお妃様になったら、そうするわ。今はまだ伯爵令嬢じゃない！」

　イルゼは驚かなかった。婚約者に捨てられたという不名誉な経歴がある彼女は、妃の座を争う者たちにとってライバルにはなり得なかった。

　イルゼ自身、妃という立場にも興味を示していなかった。決して嘘ではないのだが、周囲からしたら出し抜かれたと感じるのだろう。

「ねぇ、わたくし……昼食前のお着替えのとき、コルセットをきつく締めるように、メイドに依頼しておいたの」

イルゼは弱い人間だった。今の言葉だけで胸がズキズキと痛みだす。

この先、侍女がどんな発言をするのか、聞かずとも予想ができた。

これ以上聞けばもっと傷つくとわかっているのに、侍女たちの会話に聞き耳を立てるのをやめられない。

「ひどいですわ……フフッ。イルゼ様はどんな反応を？」

「わたくしがちょっとおだてたら、無理しちゃって……案の定、貧血ですって！」

ドッ、と侍女たちの笑い声が響く。

「きっと陛下の前で少しでもスタイルをよく見せたかったのね！　身の程をわきまえないから大失態をさらすのよ。……いい気味だわ」

ヴィルフリートが誘ってくれた昼食会を途中退席し、しかも自己管理がなっていないと印象づけた。それを彼女たちは喜んでいるのだ。

ヴィルフリートはきっと、イルゼの腰の太さなど気にしない。彼が重要視しているのは語学力と行動力、彼を補佐できる教養……それから心の強さだったはず。コルセットの締めつけを我慢したのは、元同僚だった侍女との関係改善のためだったのに……。

（今、彼女たちをたしなめたらどうなるかしら？）

もし、今までのイルゼだったら、気に入らないことは気に入らないとはっきり言っていた。けれど、この状況でなにを言っても、侍女たちは余計にイルゼに反発するだけだ。

この宮廷内において伯爵令嬢という身分は決して高いものではなかった。

そんなイルゼが侍女の行動を注意すれば、皇帝の寵愛《ちょうあい》を笠《かさ》に着て増長していると思われるだけだ。

（私の失態だわ……。着替えのときに断らなければいけなかったのよ！）

侍女の話を聞き続けるのに耐えられず、イルゼは一階のバルコニーからこっそり部屋を出た。侍女も護衛もつけずに外に出るのは久しぶりだった。

◇　◇　◇

昼寝前に着替えていたので今のイルゼの服装は、侍女とそう変わらない。

つけたままになっているルビーのイヤリングだけは多少目立つかもしれないが、すれ違う人がイルゼの耳に注目する様子はなかった。

フォラント伯爵の娘が皇帝と婚約したということは広く知られている。けれど、イルゼの顔と名前の両方を把握している貴族は少なく、堂々としていれば誰も彼女に気を止めなかった。

　イルゼはしばらく歩き、宮廷勤めの者に解放されている庭園に置かれたベンチに腰を下ろした。

　よかれと思って選んだ言動が裏目に出てしまった。体調不良は心にも影響を及ぼすらしい。油断するとあふれそうになる涙を、ギュッとこらえた。

　こんなに弱くては、ヴィルフリートに失望されてしまう。

　一人になり、心を落ち着かせたらまた頑張れる。そう言い聞かせながら、ぼんやりと景色を眺めていた。

「ソコノカタ……すこし、ヨロシイデスカ……？」

　声をかけてきたのは、イルゼと同世代の令嬢だった。

　片言の帝国標準語で一生懸命話しかけてくる小柄な女性だ。髪は栗色《くりいろ》、瞳はグリーン、肌は白く透き通っていて儚《はかな》げな印象だった。言葉はつたないが豪奢《ごうしゃ》なドレスから、明らかに上流階級の娘だとわかる。

　この国に滞在している外国の貴族だろう。

「はい。どうなさいましたか？」

「アノ……ばしょガ……ワカラナクテ……。えっと、ワタシハ……」

自分の状況をイルゼに伝えるために、必死に単語を口にしようとしているが、上手く出てこないようだった。

高貴な身分の外国の女性が、通訳なり帝国標準語を理解している身内なりを伴わず、一人でいるのはおかしい。つまり迷子ではないのだろうか。

「失礼ですが、あなた様はどちらのお国からいらっしゃったのでしょうか？」

イルゼは友好国の言葉なら日常生活に困らない程度には話せる。イルゼがこの令嬢の国の言葉を使ったほうが、スムーズだと予想した。

「ハイ！　バレーヌ国デス」

バレーヌ国――それは、帝国の南に位置し、隣国の中でも最も交流が盛んな国だった。

互いの国に常に大使が常駐しているし、交易も盛んに行われている。イルゼにとっては、元婚約者が赴任していたという因縁のある国でもある。

『お連れの方とはぐれてしまったのでしょうか？』

真面目なイルゼはいつか訪れるかもしれないと考えて、とくにバレーヌ語が得意だった。

母国の言葉で話しかけると、令嬢の表情がぱっと明るくなる。

『バレーヌ語がお上手なのですね。よかったわ……。おっしゃるとおり、外交官をしている兄や、わたくしの婚約者と一緒に参りました。兄の用事が終わるまで、庭園の散策をするつもりだったのですが、迷ってしまったのです』

『それは大変ですね。……本日は兄君の赴任《ふにん》の手続きでいらっしゃったのでしょうか？』

『はい、そのとおりです』

『それでしたら、ご案内いたしますのでどうぞこちらへ』

外交に関わる部署があるのは、この庭園の南側にある建物だった。その近くまで行けば、きっと彼女の連れに出会えるだろう。

庭園を歩いているあいだ、二人は互いに自己紹介をした。

令嬢はバレーヌ国の由緒正しき貴族の娘でジョゼットという名だった。

イルゼも名前は名乗ったが、皇帝の婚約者だとはあえて言わなかった。おそらくジョゼットはイルゼを宮廷勤めの者だと考えているだろうから、余計な気を遣わせたくなかったのだ。

『それではジョゼット様はお兄様とご一緒に、しばらくこの国に滞在されるのですか？』

妹が兄に同行し、外国までやってくるのはめずらしい。

言葉がわからない令嬢がわざわざトドルバッハ帝国へやってきたのはどうしてか。イルゼは疑問に思った。

見聞を広めるためならば、もう少し事前に語学だけでも学ぶのが普通だろう。

『兄と一緒にというよりも、わたくしのほうがこの国でするべきことがあるのです。……じつは、兄が帝国への赴任を希望したのは、わたくしのためなのです』

『するべきこと？』

『ええ、わたくしの婚約者がこの国の方なのです』

ほんのりと頬を赤らめるジョゼットは、婚約者のことが本当に好きなのだろう。ほほえましい姿だ。けれど、なにか嫌な予感がした。

『……そ、そうでしたか』

喉が渇いたような違和感を覚えながら、イルゼは必死に動揺を隠す。

国を超えての婚姻はめずらしい。ましてやジョゼットは帝国標準語がほとんど話せない。幼い頃に定められた縁ならば、もっと学んでいるはずだから、急に決まった婚約だと予想できる。

バレーヌ国の令嬢と婚約していそうなトドルバッハ帝国の貴族は誰だろうか。――一人、該当する人物がいるはずだ。

『イルゼ様、わたくしとお友達になってくださいませんか？　いずれはこの国の人間になるのに、まだ至らぬ点が多すぎて……婚約者はこちらの生活に慣れてから社交の場に出ればいいと言って甘やかすのですが、わたくしは一刻も早く馴染《なじ》みたいのです』

彼女は真剣だった。女性のイルゼから見ても、思わず守ってあげたくなるような可愛らしい令嬢だ。それに、真面目で悪い人ではないように思えた。

けれど、もしイルゼの想像どおりならば、二人が今後交流を持つことはない。たとえ彼女が望んでも、周囲が決して許さないだろう。

『あの……ジョゼット様の婚約者の方って――』

「なにをしているんだ！」

イルゼが言い終わらないうちに、答えは明らかになった。建物のほうから慌てた様子でやってきたのは、イルゼの元婚約者のラウレンツだった。

「お久しぶりですね、ラウレンツ様」

ラウレンツはつかつかと歩み寄り、ジョゼットを背中に隠す位置に割って入る。

「貴様、ジョゼットになにをしたんだ？」

「……貴様……、ですか？　私は道に迷っていたジョゼット様をご家族のところまでお連れしようとしていただけですわ」

イルゼに後ろ暗いところはなかった。だから堂々と胸を張り、事実をそのまま告げた。

『ラウレンツ様、どうなされたのですか？　なんだか怒っていらっしゃるような』

早口の帝国標準語はジョゼットには聞き取れないらしい。けれどラウレンツがイルゼに対し友好的な態度ではないのは伝わったはず。

ラウレンツは急に態度を改めて、ジョゼットにほほえみかけた。

『いいや、あなたが心配だっただけですよ、ジョゼット。……それより、私はこちらの令嬢に礼をしなければならないので、先に兄君のところへ戻っていてください』

彼は建物の方を指し示す。入り口付近にはジョゼットの兄と思われる青年が立っていた。

『わかりました。……イルゼ様、ご親切にありがとうございました。またお会いしましょうね』

『お気をつけて』

ちょこんとお辞儀をして、ジョゼットは彼女の兄がいるほうへ歩いていく。

イルゼは、また会いましょうという言葉に「はい」と返せなかった。

バレーヌ国からやってきた兄妹に背を向けると、またラウレンツの態度が一変する。

「まさか、ジョゼットにあの件を話したのではないだろうな？」

「いいえ。ジョゼット様がラウレンツ様の婚約者だと知ったのが、たった今ですから。ですが、この国に住まわれるのでしたら、嫌でも耳に入るでしょうね」

「……わ、私を脅す気か！」

「なぜそのような発想になるのでしょう？　私の中では思い出したくもない出来事でした

から、言いふらしたりはいたしません。ただ、ラウレンツ様のご友人が勝手になさったことは、事実の認定がされておりますから隠せないと言っているだけです」

もし、〝ラウレンツの友人〟がイルゼを貶める嘘を広めようとしなければ、もう少しごまかせたはずだ。

ふしだらな女だという不確かな噂だけならば、イルゼには打つ手がなかった。

きっとラウレンツは一点の曇りもない完璧な青年でいたかったのだろう。

完璧でいるために無実の者を貶めようとするから、事態が悪化したのだ。それをまだ、彼は理解していない様子だった。

プライドの高さが邪魔をして、彼はきっと一生理解できないはずだ。

「本当に可愛げのない女だ！　その闇色の目がとくに不快だ。人の心など持ち合わせていないのではないか？　見つめられると、深淵《しんえん》に落ちそうで恐ろしい」

「可愛げがないのは事実ですから、否定はいたしません」

イルゼにジョゼットのような愛らしさがあれば、婚約者に捨てられることはなかったのだろう。今となっては夫婦になる前にそれがわかってよかったのだと思える。

ラウレンツのことは大嫌いだ。そして、彼の本性を見抜けなかった未熟な自分を恥ずかしいと感じていた。

嫌いな人の言葉は心に響かないはずだった。それならどうして、彼の言葉でこんなにも胸が痛くなるのだろうか。

おそらく、ラウレンツとのあいだに起こった苦い経験を通して、イルゼはヴィルフリートとのこの先に不安を感じているのだ。

可愛げがなく、きっと誰にも愛されない。

ヴィルフリートが強くて賢い女性を妃に迎えたいのは知っている。

けれどイルゼはそんなふうに割り切って、これから先ずっと変わらずにいられるか不安で仕方がない。

ヴィルフリートもいつか条件だけで選んだ妃に対する配慮を忘れ、愛する人を見つけるかもしれない。それに、イルゼは果たして〝妃の条件〟を完璧に満たしているのだろうか。

「調子に乗るなよ！」

素直に彼の言葉を肯定したのに、ラウレンツの怒りは増すばかりだ。離れた場所に新しい婚約者とその家族がいるのを失念したのか、イルゼに向かって手を振り上げた。

けれど、その手が振り下ろされることはなかった。

「深淵か？　私は澄んだ夜の色に思えるのだが……。確かに吸い込まれそうではあるな」

急に腰のあたりに手が回された。声を聞いただけで、イルゼはそれが誰なのかすぐに理

解する。強く抱き寄せるようにして、ヴィルフリートが隣に並んだ。

「こ……皇帝陛下……っ！」

ラウレンツが目を見開き、口をパクパクとさせた。すぐにハッとなって頭《こうべ》を垂れる。

「イルゼ、捜したぞ」

そう言って、彼はイルゼの顔を覗き込む。イルゼの瞳の色をよく観察しているのだ。

「……あの？」

「星がきらめいているのだから、どう考えても夜空だ。静かで、けれど柔らかい。私に安らぎを与えてくれる君にふさわしい色だ」

見つめられると、彼の瞳の色もよくわかる。イルゼが夜ならば、ヴィルフリートは昼の空だった。ずっと見ていると、瞳の中に自分の姿が映っているのがわかる。

まるで彼に囚《とら》われているようだ。それならば、自分の瞳の中にも彼が写っているのだろうか。イルゼは急に恥ずかしくなって、目を逸らした。

イルゼの動揺を見抜いたヴィルフリートがクスリと笑った。

「グートシュタイン侯爵子息だったな？」

「はい。皇帝陛下におかれましては、ご機嫌麗しく。このような場所でお目にかかれるとは思いもよらぬ幸運でございます」

通常ならこのタイミングでヴィルフリートがラウレンツに対し、楽な姿勢を取るように促すはず。けれどヴィルフリートはあえてそのまま話を続けた。

「私もイルゼも、そなたには感謝している」

「感謝、でございますか？」

「そなたがいなければ、イルゼは我が妹の侍女にはならなかった。私とも出会わなかっただろう……だから、褒美と感謝状を与えたい」

ものすごい皮肉だった。

しかも冗談とは思えない真剣な表情だ。姿勢を低くしたままのラウレンツからは見えていないだろうが、声色だけでも本気さが伝わるはずだ。

もしヴィルフリートが感謝状を贈るとしたら「婚約者を蔑《ないがし》ろにして浮気したことに感謝する」と書くつもりなのだろうか。

「どうだ？　……私は本気だ」

「た……大変恐れ多いことでございます。また私には受け取る権利がございません。どうか……どうかご容赦を」

「そうか、残念だ。私としても、そなたの幸福を祈っている。……私やイルゼが好んでそなたに近づくはずがない。そなたのほうがこちらへ来なければ、もう顔を合わせることはないだろうし、皆の心の平穏が保たれる。……そなたもそう思うだろう?」

今の言葉には、彼の強い意志が感じられた。宮廷は政治の中枢であるのと同時に、ヴィルフリートの住まいである。

そして妃となるイルゼにとっても同様だ。つまり、ヴィルフリートはラウレンツに宮廷内への出入りを禁じたのだ。婚約者を貶めようとした男に、要職は与えないという宣言だった。

「御意……」

無理矢理絞り出した声だった。

ラウレンツはかすかに震えていた。思いどおりにならない憤りか、皇帝に対する畏れか、それともその両方か。下を向いたままの彼がどんな気持ちなのか正確にはわからない。

「思い出した。そなたは確か、半年ほど前に側近として取り立ててほしいという嘆願書を送りつけた者だな?」

それはイルゼもはじめて知る事実だった。ラウレンツが宮廷内の要職に就いていないことから察するに、ヴィルフリートが断ったのは明らかだ。

「……は、あの……それは……」

「そなたは博識で語学に堪能だというが、まず人として信頼に足る者でなければ私が取り立てることはないと知れ」

「信頼……？　そ、それは、誤解で！」

ラウレンツが顔を上げ、イルゼのほうへ視線をやった。彼は、イルゼが皇帝に依頼して、ラウレンツに嫌がらせをしたと疑っているのだ。

ヴィルフリートは大きなため息をついた。

「言っておくが、私がイルゼと出会ったのはそれよりあとだ。……噂ではなく、明らかになっている事実によって私はそう判断をしたのだが？　誤りがあるという意味だろうか？」

「滅相もございません！」

皇帝の判断に意見できるはずもない。ラウレンツは余計に皇帝の不興を買ってしまったことを自覚したのか、真っ青な顔になった。

「……だが、人は変わるものだ」

ボソリ、とつぶやいた言葉は、ラウレンツに届いたのだろうか。

ヴィルフリートはラウレンツに宮廷への出入りを禁じたが、それが恒久的なものではないことも同時に示したのだ。不満げな表情はそのままで、皇帝としての公平性を保つための言葉だったのかもしれない。

「……それではイルゼ、宮に戻ろう」

ヴィルフリートはイルゼを抱き寄せたまま宮のある方向へ向き直る。

腕に込められた力は強い。もし誰かが二人の様子を観察していたとしたら、イルゼはきっと、ヴィルフリートに大切にされているように見えているだろう。

けれど、彼の瞳は笑っていなかった。ラウレンツと対峙していたときはどこまでも婚約者を思いやる皇帝だったのに、あれは演技だったのだ。

「イルゼ、どうして一人で部屋を出た？」

しばらく歩いてから、ヴィルフリートが低い声で問いかけた。彼の憤りは今、イルゼに向けられている。

「……少しだけ、考え事をしたかったのです。ヴィルフリート様はなぜ庭園にいらしたのですか？」

「君の体調を確認しにいったら姿が見えないから捜していた」

「わざわざ……？　申し訳ありません。以後、このようなことのないようにいたします」

イルゼは、自分が部屋を抜け出せば侍女が困るだろうと想像はしていた。けれどまさかヴィルフリートが捜しにくるなどと予想すらしていなかった。

午後も執務で忙しいはずの彼が、婚約者の部屋に足を運ぶはずがないと思っていたのだ。

「そなたは近い将来の妃だ。狙われる可能性があるのを自覚してくれ」

宮廷に出入りする者は多く、中にはヴィルフリートに反発している者もいる。さらに妃の座を狙っていた者、または娘や親族を妃に据えたいと考えていた者などがイルゼに危害を加える可能性はある。それを軽く考えてはいけなかったのだ。

「……はい」

立場を自覚せず軽率な行動をしたイルゼに、彼が腹を立てるのは当然だった。

彼がほしかったのは皇帝を支える有能な妃だ。今日のイルゼは彼を煩わせるだけでなんの役にも立っていない。

やがてたどり着いたのは皇帝の執務室だった。侍女に会いたくなくて部屋を出てきたイルゼだが、今は侍女やラウレンツより、ヴィルフリートが怖い。

それまで導かれるままに歩みを進めていたイルゼは、身をすくませた。するとヴィルフリートは腰に回した手に力を込めて、逃走を許すつもりがないことを伝えた。

イルゼの部屋に送り届けなかったということは、このままでは終わらずに、なにか話があるという意味だ。

執務室の手前で、ヴィルフリートは侍従にしばらくイルゼと二人きりで話をすると告げた。そうすれば侍従はこの部屋には立ち入らない。秘密にしたい用件がある証拠だった。

（もう……いらないと言われてしまうかもしれないわ……）

くだらない理由で体調を崩し、今度は勝手に出かけて捜させた。やはり彼の望む〝妃の条件〟から逸脱しているのだ。

彼に促され、イルゼが先に部屋の中に入る。一歩遅れて扉が閉まる音がした。

急に手が引かれた。あっという間に壁際に追い込まれ、身動きが取れなくなる。間者と疑われたときですら、こんなに乱暴に扱われたことはなかった。

「陛下⁉」

イルゼは混乱して思わず彼を押しのけようとした。すると片腕が掴まれる。身体が密着すると、まだ自由なほうの手にいくら力を込めてもびくともしない。

「陛下ではない、名前で呼べと言ったはず。……あのような男のためにそんな顔をするな！　早く忘れてしまえ、君の婚約者は私だ」

「……なにをおっしゃって……？」

いったい彼はなにに対してそんなに怒っているのだろうか。

あのような男というのは、もちろんラウレンツを指す。確かにラウレンツのせいでイルゼは傷ついたし、予想外の再会に戸惑った。けれど、あの男の〝せい〟ではあるが、〝ため〟というのは違う気がした。

今、イルゼが傷ついているように見えるのなら、原因はヴィルフリートだ。

「私が忘れさせてやる」

ヴィルフリートは顔を寄せて、イヤリングのあたりに軽く口づけをした。彼の体温や吐息を感じると、こそばゆいのにとろけてしまいそうになった。

「待って……っ！　……違います。あの方への未練とか、そういう感情ではありません。ご存じでしょう？　名ばかりの婚約者でほとんど会っていなかったのですから……」

「では、なんだ？」

ヴィルフリートはまだ拘束を解いてはくれなかった。そのままイルゼの耳元でボソボソと話す。

「ラウレンツ様と再会して――っ」

耳たぶにピリッとした痛みが走り、イルゼの言葉は遮《さえぎ》られた。

「やはり、あの者のせいではないか！　それから、そなたは金輪際あの者の名を口にするな。不愉快だ」

今の彼はなぜだか暴君だった。説明のために男の名を口にしただけのイルゼに仕置きをするのだから。

「ヴィルフリート様は強い女性を妃にしたいとおっしゃっていましたよね？　それから、

妃に煩わされたくないとも……」

「それが？」

「でも私は、意地っ張りなだけで本当はすぐにくよくよして、弱い人間です。しかも可愛げがないので、……誰かに愛してもらえるはずはないのです。妃にふさわしくありません。あの方に再会して、改めてそう思ったのです」

ヴィルフリートの評価はすべて間違っている。イルゼは弱く、可愛げがなく、そして実際に彼を煩わせてばかりいる。〝妃の条件〟にあてはまらないのだといずれ彼も気がつくだろう。今ならまだ、お互いに最低限の傷で済むはずだった。

「結局、あの男の言葉を真に受けているのではないか」

「違います……私は……」

これ以上どう説明すればいいのか迷い、なかなか言葉が出てこない。

「ふさわしいかどうかは私が決める。そなたはあの屑《くず》みたいな男の言葉に耳を傾ける必要はない。どうやったら記憶を抹消《まっしょう》できる？　本当に不愉快だ！」

「ヴィルフリート様が望まれる条件は……絶対に妃が担《にな》わなければならない役割ではないでしょう？　たとえば、私が妃となられる女性をお支えしても成り立ちます」

イルゼは少し前まで自分が誰かと結婚する可能性をまったく考えていなかった。

ヴィルフリートからの求婚を受け入れた彼女だが、彼が近い将来の夫であるという認識は持てずにいる。

ヴィルフリートの中では皇帝も妃も、国に尽くす存在なのだ。イルゼも妃という役を受け入れただけで、それはヴィルフリートの妻と必ずしも同義ではない。

「あぁ、なるほど……。君の言いたいことがなんとなくわかった」

条件だけで望まれても、イルゼはきっと愛されない。

愛されないまま、職務だけを淡々とこなす強さが、イルゼにはなかった。彼に優しくされるたびにそれを実感するのだ。

むしろ職務だけが目的ならば、妃となる女性の補佐役でもいいはずだ。

「秘密を知った私を、目の届く場所に留めておきたいというお気持ちはわかります。ですが、妃の選定はそれよりももっと重要な――んっ！」

最後まで言えなかったのは、ヴィルフリートがイルゼの唇を塞いだからだ。彼の唇は温かくて柔らかい。わずかに漏れる吐息を感じると、イルゼの心臓が早鐘を打ちはじめる。

触れられていないはずの耳が最初に熱くなり、熱が身体全体に広がっていく。

何度か角度が変えられて、ついばむような口づけがされたあと、ヴィルフリートはイルゼの口内に舌を入れてきた。

侵されているのは、口の中だけではないような気がした。頭の中もヴィルフリートでいっぱいになりそうで恐ろしい。

イルゼは、たくましい胸を強く押して、不埒《ふらち》な行為から逃れようと足掻いた。けれど、抵抗すればするほど、ヴィルフリートが強い力で抱き寄せて、イルゼから自由を奪った。

皇帝であるヴィルフリートの舌を噛んだら罪に問われるだろうか。

もっと口を開かなければいけないのだろうか。それとも、そんなことをしたらはしたないと笑われるだろうか。

はじめてのことに戸惑いながら、イルゼは深い口づけを受け入れていった。

「……ん、……んん。……ふぁっ」

ヴィルフリートがイルゼの内股に脚を擦りつけてくる。

こんな行為は許されないと思っているのに、彼の太ももが脚の付け根にあたると、なにかがこみ上げてきて抗《あらが》う気力が失せてしまう。幾重にも重なっているドレスの布地が煩わしいとすら思えた。それを取り払えば、もっと気持ちよくなれるのだとイルゼは本能で察していた。

身体も思考もふわふわとして、やがてカクンと腰が抜けた。けれど、イルゼが床に転がることはなかった。ヴィルフリートが支え、そのままソファまで連れていき、イルゼを押し倒したからだ。

「ヴィルフリート、さま？」

「妃には確かにもう一つ、重要な役割がある。……君はそれができないと思っているのか？」

「……はい」

可愛げがないイルゼには、きっとできない。当然のことだというのに、ヴィルフリートはまだ解放してくれなかった。

「なら、確かめてみればいい」

窮屈なソファに寝転ぶイルゼにヴィルフリートが覆《おお》い被《かぶ》さってくる。ドレスの裾を踏まれてしまっては逃れられない。

「意志の強そうな瞳だ。……だが、今は少し怯えているな。君のそんな顔を知っている者は、いったいこの国にどれだけいるんだろうか？」

おそらく、家族以外では彼だけだった。イルゼは意地っ張りで、他者に弱みを見せるのが嫌いだ。ヴィルフリートにも見せたくない。だからギュッと目をつむった。

「唇は薄めだ。紅がとれてしまっても薔薇《ばら》みたいに愛らしい。食べてしまいたくなる。……あぁ、さっき食べたのだから、この言い方は変だったな」

なぜ口紅がとれてしまったのかを考えると、もう泣きたい気分だった。

本来の色を取り戻した唇を、ヴィルフリートの指がなぞった。しばらくそうされたあと、また口づけが再開された。

たった一度しただけだというのに、イルゼはもうどうすればいいのかを学びはじめていた。ためらいながら彼を迎え入れると、なにか悪いことをしている気持ちになるのに、やめてほしくなくて戸惑った。

理性は慎みがない行為を否定する。けれど、本能はもっと深く、激しくしてほしいと願ってしまう。

「……ふっ、……んん」

口づけと一緒に、大きな手のひらがドレスをまさぐる。柔い部分がとくに敏感だった。

布地が擦れると、その刺激がなんだかもどかしい。

「君が本気で泣いて嫌がったらやめるつもりだ。……だが、私との口づけは好きなようだな？」

見抜かれている。これでは到底やめてもらえない。イルゼは彼を愛していないはず。それでも尊敬しているし好意は抱いている。婚約を強制されたのに、彼の苦悩に共感している部分すらあった。

口づけは愛し合うもの同士でするのではなかったのだろうか。ただの好意だけでも、こんなに心地よくなれるのか、イルゼは知らない。

「わかりません……はじめてで……」

「そうか、……口づけもはじめてか。……ではわかるまで続けよう」

「だめ！」

イルゼはとっさに彼の唇に手をあてて、これ以上の行為を拒絶した。もちろん力では叶《かな》わず、すぐに手がどけられる。それどころか掴まれた手首にも唇が落とされた。

「婚約者なのだから、口づけも、その先すら問題にはならない。……自信がないのだろう？　だから試してみるんだ。……そうだな。本当にできなかったら、婚約の件は諦めてやってもいい」

ヴィルフリートがまた唇を重ねたせいで、イルゼはなにも言わせてもらえない。

胸を手のひらで包み込むようにされると、身体がビクリと震えた。イルゼが強い反応を示したことに満足したのか、彼が顔を上げ、ニヤリと笑った。それから二つの膨らみが同時に弄ばれていく。

「い……いゃぁ……うっ……あぁ」

とくに先端の突起が擦られると、強い刺激に我慢できずに声が漏れた。

「どこに触れられて、そんなにとろけた顔をしているのか、わかっているか？」

「どこ……って……」

イルゼはきっと素直な性格の娘なのだろう。無意識に視線が下に行ってしまう。

「あぁ、ここか？」

そう言いながら、彼はイルゼのドレスに手をかけた。繊細な生地が引き裂かれるのではないかと不安になるほど強引な手つきで、布地が取り払われていく。

二つの膨らみがあらわになると、ヴィルフリートはためらわず片方を口に含んだ。

中途半端に脱がされたドレスが邪魔で、抵抗すらままならない。

「やっ。だめ……！」

手のひらでこね回されながらチュッ、と突起を強めに吸われると、稲妻に打ち抜かれたような衝撃が走った。脚にも、腕にも力が入らない。

「だめではなさそうだ……」

彼はイルゼの嘘を見抜く。それだけ言って、今度は反対側の突起を口に含んだ。

「あぁ……ん、あ……あ、あ……だめ……強くしない、で……」

感じれば感じるほど、なにかいけないことをしている気がした。ヴィルフリートは婚約者ならばこれくらい許されるというが、本当にそうなのだろうか。

イルゼは、あまり閨《ねや》ごとに関する作法を知らなかった。そういったものは、婚儀が近づいたら母が教えてくれるのだと思っていた。

以前、母が教えてくれたのは、社交界にデビューするにあたっての心構えと最低限の知識だった。生物学的にどうしたら子供ができるのかということと、絶対に婚約者以外の男性と二人きりになるなという二点のみだ。

あとは先に結婚した友人の話を聞いて、ふんわりと男性に愛されるというのがどういうことなのかを想像していた程度だ。

婚約者が隣国にいるあいだ、女性が集まる社交の場にのみ参加していたイルゼにはそれで十分だった。

ヴィルフリートにされていることが正しいのかすらよくわからないまま、イルゼは彼から与えられている心地よさに呑《の》み込《こ》まれそうになっていた。

「どこもかしこも可愛らしいのに……なぜ自信がないのか、わからないな」

チュ、チュ、と肌を強く吸い上げられると、花びらのような模様が浮かんだ。そこがいつまでもジンと痺《しび》れている。そして刺激を与えられるたび、お腹《なか》の奥のほうに違和感を覚えた。

「……あ、なんで……？　ヴィルフリート様……私おかし、く……あぁっ」

一度意識すると、そこばかりが気になる。自分の身体なのに、理解できない現象に陥って、イルゼは急に不安になった。

「おかしくない」

「おかしいの……。このあたりが、……せつなくて。変になって……」

へその下あたりに手をあてて、違和感を訴えた。

「……クッ……ハハ、ハハハッ！」

「笑わないで……」

「違うんだ。君があまりにも素直だから、つい……」

そう言いながらも、彼はずっと唇の端をピクピクと痙攣《けいれん》させている。なにも違わないではないかとイルゼは感じ、泣きたくなった。

ヴィルフリートが一度だけ大きく息を吐く。それで心を落ち着かせたのだ。それからイルゼの腕を掴み、自らの下腹部へその手を導いた。なぜそんなことをするのかイルゼにはわからない。ただトラウザーズの下が妙に硬いのはわかった。

「ほら、私も昂《たかぶ》っている」

「昂る……？」

「わからないとは言わせない。君は……私が君に欲情しないと考えたのだろう？」

グッ、と握られた腕に力が込められた。もっと強くこの場所に触れて、確認してみろというのだ。

「……だって、愛し合う者同士でなければ……できないのだと……」

男性器を女性の秘めたる場所に突き立てて、子種をもらう――それが夫婦の営みだということまでは彼女も知っていた。男性は、好意を抱く魅力的な女性にしか欲情しないはずだった。

「君の言っていることは正しいよ。……わかるか？　君に少し触れただけで、私のここは昂っている。……君が魅力的で、可愛らしいからだ」

イルゼの手のひらに剛直を押しつけながら、ヴィルフリートが語る。

「これが男性の、ヴィルフリート様の……？」

服の上からでも、十分にその質量が伝わってくる。未経験のイルゼには、凶器にしか思えなかった。

「怖がる必要はない。……君だってこのあたりがせつないのだろう？　本能では私と繋がってこの場所を埋め尽くされたいと思っているからそうなるんだ」

彼はイルゼのへその下あたりを指し示しながら、欲情しているのはヴィルフリートだけではないのだと教えようとしている。

彼の男の部分を受け入れたら、本当にこのおかしな感覚が消え去るのだろうか。絶対に違うとは断言できなかった。むしろ彼の言葉はしっくりきて、今はまだ空虚だからせつなく感じる気がしてくる。同時に、これ以上進むのが恐ろしかった。

「わ……わかりました……。だから、もうおしまいにして……」

「いいや、もう少し確認しておこう。皇帝の妃――ではなく、私の伴侶になれるかどうかを」

ヴィルフリートの手がドレスの裾をかき分けて、内ももを辿《たど》った。

「ヴィルフリート様⁉　あ、あぁ……や、めて……」

強い力で彼の身体が割って入り、無理矢理脚を開く格好を取らされた。

イルゼは必死に抵抗するが、そうすると余計にドレスが乱れていく。太ももがあらわになるだけで、逆効果だった。

フリルのあしらわれたドロワーズが引きずり下ろされる。イルゼはバタバタと脚を動かして抵抗するが、本気の拒絶はできなかった。

大した抵抗ができないのは、ヴィルフリートが権力者だからではない。おそらくは、彼への嫌悪感がないからだ。戸惑いと不安はあるのに、確かな好意もあった。

「じっとしていなさい……。イルゼ」

ソファに寝そべるイルゼに身を寄せて、彼は耳元でそうささやいた。

低く穏やかな声は魔法のようにイルゼから抵抗する意思を奪っていく。

イヤリングごと耳たぶを食べられて、同時に彼の手がイルゼの足の付け根のあたりをまさぐりはじめる。

「ふっ、……あぁ！」

ヴィルフリートの指がイルゼの秘部に触れた。花びらを左右に押し広げ、中心部分に指をすべらせた。すると彼女の身体は勝手に跳ねて、嬌声《きょうせい》が上がる。

「濡《ぬ》れている、ほら？　ここだ……」

「あぁ……、どうして……？　さわらないで……！　嫌なの……」

粗相をしたわけでもないし、月の障りがはじまる時期でもないはずだった。けれど指が小刻みに動くたびに、ぬるりとした蜜が身体の奥から漏れだす。

「ほら、先ほど説明しただろう？　……君は、私と繋がりたくてここを濡らしたんだ」

「……あっ、ん！」

クチュリ、と音を立てて指が一本イルゼの中に入り込む。ゆっくりと抜き差しされただけで、痛いような、けれどもっと先を知りたいような不思議な気持ちにさせられた。

「わかるだろうか？　君はいずれここに私の昂りを受け入れるんだ」

昂り――というのは、彼が先ほどトラウザーズの上からイルゼにさわらせた男性器のことだ。服の上からでも確かな質量を感じられた。太く、長さもあり、硬い……。

そんな凶器のようなものが指一本だけでも壊れてしまいそうな場所に入るはずがない。

「……やぁっ、やなの……怖い……！」

「今はまだしないから大丈夫だ。……ただ、君を気持ちよくするだけだ。ほら、このあたりは？」

指で散々いじり回されて、花びら全体がしっとりと濡れている。引き抜かれた指先が、その形を探るような手つきで、やがて敏感な芽にたどり着く。

「あぁっ、――んんっ！」

触れられただけで、思わず身体が仰《の》け反《ぞ》ってしまう。イルゼはとっさに口を手で覆ってはしたない声を出さないようにした。

ヴィルフリートは満足そうにほほえんで、イルゼが強い反応を示した場所を弱い力で擦りはじめた。

下腹部は十分に潤っているから、軽い刺激で肌が傷つくわけではない。

それなのに、ピリピリとして、壊れてしまいそうな不安に苛《さいな》まれる。同時に、花芽の部分からふわふわと浮くような心地よさが生まれ、全身に広がっていくのも感じた。

「こういうときは、口を塞ぐのではなくて背中に手を回すといい」

そんなことをすれば、嬌声が抑えられない。わかっているのに、彼の声色が優しいせいで、そうするのが当然のように思えた。

イルゼが素直に従うと、ヴィルフリートが首筋に顔を寄せてきた。

「くすぐったい、の……。ふっ……はぁ、あぁ、あ……」

ねっとりと舐《ねぶ》られながら、指先で秘部を撫《な》で回される。花芽を押しつぶされるたびに、なにかがせり上がってくるのがわかった。

イルゼはヴィルフリートの背中を強く摑んで、それに耐えた。超えてはいけないものが目前にあるみたいだった。

「もう達しそうなのだな？」

ただ触れられているだけでイルゼ自身はなにもしていない。それなのに息が勝手に荒くなり、全身が熱かった。

「……わかり、ませ……ん。身体が熱くて、おかしく……あ、あぁっ！」

彼が教えてくれた言葉は聞き慣れないが、この先になにかがあるのはわかった。けれど認めるのが恥ずかしくて知らないふりをしてしまう。

その仕置きなのか、彼はイルゼの蜜壷に指を突き立てて、別の指で花芽を強くしごきだした。どの指がどんなふうに動いているのか、もうイルゼにはわからなくなった。

「やっ、……だめ、だめ……！　あ、あっ、なにか……」

「気持ちがいいだろう？　もうすぐそれが弾けて絶頂を迎えるはずだ。……ほら、達っていいから。私にすべてを委《ゆだ》ねてしまえばいい」

執務室に水音が響き、それが恥ずかしくてたまらない。冷静なヴィルフリートに組み敷かれ、一人で乱れ、快楽を得ているのが耐えられない。

もう終わりにしてほしいのに、彼の背中に回した手はたくましい身体を退けようともせず、むしろ引き寄せて、彼の行為を肯定してしまっている。

こんなにも自分の身体と心が思いどおりにならないのははじめてだった。

ふわりと身体が浮き上がる予感がして、脚をこわばらせた瞬間、イルゼに限界が訪れた。

「あっ、あぁぁぁぁ！」

膣《ちつ》が収斂《しゅうれん》して、ヴィルフリートの指を締めつけている。狂おしいほどの快楽が激流となってイルゼの身体をめちゃくちゃにする。

はじめての経験は恐ろしく、イルゼは必死になって彼にすがった。

「はぁ……、はぁ……。私……ふぁ、身体が……変に」

もう彼は手技を止めてくれたのに、まだイルゼの昂りは収まらない。急にクタリと身体が弛緩《しかん》してもなお、余韻が残った。

「イルゼ」

ヴィルフリートはイルゼの痴態を咎めなかった。ただ優しい顔をしてイルゼを見つめていた。ブルネットの髪を撫でて、額や目尻にキスを与えてくれる。

それでやっと心が落ち着いてくる。

「わかったか？　君は私の妃になれる。もし、これでもまだわからないというのなら……」

ニヤリと口の端をつり上げた。わからないのなら、続きをするというのだろう。心の準備ができていないイルゼは慌てて頷いた。

「それでいい……。不安があるのなら、まず私に相談しろ。わかったな？」

「……はい、ヴィルフリート様」

イルゼは、たくましい背中に回していた手をすべらせて、そっと金色の髪に触れてみた。するとヴィルフリートが驚いて、目をぱちくりとさせた。お返しのつもりだったが、皇帝の頭を撫でるなど、不敬な振る舞いだったかもしれない。イルゼは不安になり、手を引っ込める。

「だめだ、続けなさい」

そう命じられ、イルゼは再び金の髪に触れた。太陽の下ではいつも冠をかぶっているかのように光をまとう綺麗な髪だ。撫でてみると、女性の髪よりも硬い。

しばらくそうしているうちにじっと見つめられていることに気がついた。

「綺麗な瞳だ。暗い色だから、映り込む光が際立つ」

ヴィルフリートの青い瞳のほうが宝石のようでよほど綺麗だった。けれど、そんなふうにイルゼの瞳をほめてくれる人は彼だけだった。気恥ずかしいのに、視線を逸らせずに、また心臓の音がうるさくなる。

「私がどんな者であったとしても、君はその夜と同じ色の瞳で、今の私だけを見ていてくれ。……これは命令ではなく、私の願いだ」

穏やかな瞳はわずかに愁《うれ》いを帯びている。

彼も臣民を欺いていることが不安なのだろうか。自分が帝位を返上すれば、間違いなく国が荒れ、政治が腐敗し、民が苦しむのは明白だ。民を守るために、彼は罪を犯し、秘密を抱えたまま生きていくのだろう。

少なくともイルゼは、出会ったときから彼の出生の秘密について聞かされている。だから、血筋の件で彼を見る目が変わる可能性はない。

強制されて婚約者になったのに、今は少なくとも、皇帝という役割に邁進《まいしん》する部分については支えてあげたいと考えるようになっていた。

尊敬という言葉は頭に浮かぶが、それだけではないのもイルゼは感じている。それだけだったらこんなふうに睦《むつ》み合いの真似事などできない。

「私は……」

少なくとも皇帝としてのあなたには共犯者であり続け、あなたを裏切らない——そう言おうとしたのに、また口づけがされて声にならなかった。

答えはいらないのだろうか。それとも髪を撫でる手をそのままにするだけで、十分に伝わったのだろうか。

第三章　悪い噂

それから二人は日に一度は口づけを交わし、時々互いの素肌の感触を確かめ合う行為をする関係を続けた。

イルゼは日中、教師から妃の役割について学んでいた。手が空けばヴィルフリートの執務の補佐もする。

ヴィルフリートは時々、政治的な事柄でイルゼに意見を求めた。

本気でたずねているのではなく、イルゼの能力を測っているのだ。そんなときの彼はまるで教師みたいだった。

イルゼも彼が満足そうにしていると、なんだか誇らしかった。まだ正式ではないものの、確かにヴィルフリートの妃という役割にはやりがいと少しの自信を感じていた。

その一方で、最近のイルゼはヴィルフリートと同じ時間を過ごすと、頻繁に胸の痛みを覚えるようになっていた。

執務を手伝っている時間など、忙しくしているとなんともない。二人きりになり、ヴィルフリートが恋人のようにイルゼを扱うと、途端に苦しくなるのだ。

イルゼ自身、そうなる理由はなんとなくわかっていた。おそらく、尊敬という言葉で説明できないほど、異性として彼に惹《ひ》かれはじめているのだ。けれど、婚約に至った経緯を考えると、ヴィルフリートが同じ気持ちであるはずがない。

「大丈夫だ、なにも心配はいらない。……君を大切にする」

ヴィルフリートがそうささやくたびに、イルゼは我に返る。

彼はイルゼに妃という地位を与えるだけではなく、本気で伴侶として扱うつもりでいる。だからこそ口づけやその先の淫らな行為もするのだ。ただ、私心というものをほとんど持たないヴィルフリートは、きっとイルゼの想《おも》いと同じ感情を抱いてはくれない。それが胸の痛みの原因だった。

これ以上はないというほど大切にされているのに、不安になるのはあまりにも欲張りすぎだ。

本音を隠したままヴィルフリートの婚約者となって二ヶ月が過ぎた。

この日、宮廷内の私室にイルゼの兄フェリクスが訪ねてきてくれた。

「イルゼ、なんだか久しぶりだな」

イルゼは祖父の命日に合わせ墓参りに行くため、一時的に実家に帰る予定になっていた。伯爵邸には数日滞在し、久しぶりに家族と過ごすつもりだ。

「はい、お久しぶりです。お兄様、お変わりありませんか？」

「もちろん！　……いや、変わったかもしれない」

「どこか任務中にお怪我《けが》でもされましたか？」

フェリクスは首を横に振り、ため息をついた。

「イルゼが皇帝陛下の妃として望まれたせいで、私の縁談が増えた」

「それはよいことではありませんか？」

悪評があるイルゼのような小姑《こじゅうとめ》がいる家に嫁げば苦労すると思われていたし、格上の侯爵家に目をつけられているという理由もあり、フェリクスまでも婚期を逃すところだった。

ひとまず、他家から避けられることがなくなっただけでも、イルゼとしては喜ばしい。

けれどフェリクスは浮かない顔をしている。

「そうでもない。……皇帝陛下に拝謁を願うための道具にされては困る。私は地味に目立たず生きたいし、イルゼも縁戚から請われたら断れないだろう？」

フェリクスは縁談相手の家が野心を持っていて、ヴィルフリートに近づく目的でまずは妃の生家から攻めようとしている可能性を懸念している。

「お兄様、いろいろと迷惑をかけてしまい申し訳ありません。……でも、ありがとうございます」

フォラント伯爵家は、ヴィルフリートに大した利益をもたらさない。けれど新たなしがらみも作らない、わきまえた家でありたいと考えているのだ。

ヴィルフリートが貴族としては平凡な伯爵家の娘を妃に望んだ意図を、イルゼの家族はきちんと察してくれている。それが誇らしく、嬉しかった。

「……ああ、妹に感謝されると、なんだかこそばゆいな。そろそろ行こうか？」

軍人である兄は、イルゼの護衛としての役目を与えられ、迎えに来てくれたのだ。

そのほか、屋敷の周囲や移動中の護衛についてもヴィルフリートが手配してくれたし、イルゼ用に馬車も用意されている。

大切な婚約者を守るため、皇帝がどれくらい心を砕いているのか端から見ても明らかだった。

二人が私室から出たところで、廊下の向こうからヴィルフリートがやってくるのが見えた。

「フェリクス殿、イルゼ」

今朝、マリアンネと三人で朝食の席につき、その場で暇《いとま》の挨拶はしていた。

それなのにどうして彼がいるのだろうか。

「これは、皇帝陛下。このたびは妹に対する過分なお計らい、フォラント伯爵家を代表いたしまして感謝申し上げます」

「いや、礼を言うのは私のほうだ。すばらしい妃を与えてくれたのだから。……そろそろ出立だろう？　車寄せまで送ろう」

「兄もおりますし、心配はいりませんわ」

イルゼはこれくらいのことで忙しいヴィルフリートを煩わせたくなかった。

けれどヴィルフリートはそれでもイルゼの手を取ろうとする。

「……君はまたそうやって……何度私につれない態度を取るつもりだ？」

「何度……？」

貴重な時間を有効に使ってほしいと考えただけなのに、どこが悪いのか。しかもまるで、以前にもつれない態度を取ったような口ぶりだ。

そんな言動をした覚えのないイルゼは首を傾げる。

「まぁ、いい。たとえ数日だろうが、離れるのはさびしいものだ。惜しむ権利を奪わないでくれ」

そんなふうに言われてしまったら、イルゼとしては従うしかない。イルゼはヴィルフリートに伴われて歩きだした。

「出かけるときは必ず私が用意した馬車に乗り、フェリクス殿と一緒に。それからほかの護衛も同行させるように。わかるな？」

「はい、必ず」

皇帝の婚約者という立場は、狙われる危険性がある。イルゼに危害を加えて、その座から引きずり下ろしたい者もいるだろうし、人質にしてヴィルフリートを脅迫しようとたくらむ輩も出てこないとは限らない。

だから今日もこうしてフェリクスが迎えに来てくれて、ほかにも専属の護衛がつくのだ。

やがて皇族専用の車寄せまでたどり着く。すでに馬車は到着し、御者が丁寧なお辞儀をして出迎えてくれる。

ヴィルフリートがイルゼのために用意した馬車は、王侯貴族が所有するものとしては、比較的質素な四輪馬車だった。

ただし頑丈で、もし襲撃に遭っても簡単に壊れないようになっている。目立たない外装も、イルゼが自由に出かけられるようにという配慮からだ。

「それでは、ご家族によろしく伝えてくれ」

イルゼはヴィルフリートから離れ、馬車に乗り込もうとした。ところが腰のあたりに腕が回されて強い力で引き戻される。

ヴィルフリートはあっという間にイルゼを抱きしめて、唇を重ねてきた。

皇族専用の出入り口だとしても、周囲には護衛や侍女がいる。皆の前で堂々とそんな行為に及ぶ彼のことがイルゼには理解できない。

一瞬で凍りつき、しばらく間があってから身体がカッと熱くなった。

「……君のその素直な反応が見たくてからかった。許せ」

イルゼはもう、口づけもその先も少しだけ知っている。二人きりのときならば、こんな反応はしないのに。

「そ……それでは、しばらくお暇《いとま》させていただきます」

とくに、肉親が見ているという状況が耐えられなかった。イルゼは耳まで真っ赤になって、ぎこちなく挨拶をしてから兄とともに馬車へ乗り込んだ。

手を振って見送るヴィルフリートは、まだ意地悪く笑っていた。

（気まずいわ……）

フェリクスは生真面目で純粋なところがあるから、妹が男性とイチャイチャしているところなど、見たくはなかったはず。笑い話にしてもいいから、なにか言ってくれないだろうか。イルゼはそんな思いで向かいに座る兄の様子をうかがった。

フェリクスも耳まで真っ赤になり、動揺からか唇を震わせながら窓の外を眺めていた。

滅多《めった》に訪れる機会のない皇族専用の出入り口周辺の景色を楽しんでいる体《てい》を装って。

久しぶりに屋敷へ帰るというのに、婚約者のせいで兄妹のあいだに流れる空気が気まずいものとなった。

◇◇◇

屋敷に戻った当日、イルゼは両親に宮廷での生活について詳しく聞かせた。

ヴィルフリートの秘密の件を除き、基本的に本当のことだけを話す。

ルビーのイヤリングをもらったこと、ほかにもドレスや宝飾品を与えられていること。

忙しい中で、多くの時間を一緒に過ごそうと提案してくれること。妃になってから困らないように、宮廷内での振る舞いを教えてくれる教師をつけてもらったこと、などだ。

すると、父は「皇帝陛下にそこまで愛されているなんて……」と感動し、母は涙を見せた。イルゼとしては、ものすごく大切にされている自覚はあるのだが、愛されているというのは少し違うと感じていた。

今のように誰かにヴィルフリートとの関係を語ると、イルゼは愛されている婚約者にな

ってしまう。実際には「大切にされている」と「愛されている」は似て非なる状態だ。それがわかるようになったのは、「大切にされている」というだけでは満足できずにいるからかもしれない。ずいぶん欲張りになったものだ、とイルゼは自嘲気味に笑った。

二日目は墓参りだ。郊外にある墓地まで馬車での移動となる。教会に併設された墓地までたどり着くと、フェリクス以外の護衛は、周辺の警戒にあたってくれた。

イルゼは地味なドレスに身を包み、手向けの白い百合《ゆり》の花束を手にして歩く。花束は全部で二つある。一つは二年前に亡くなった祖父へ。もう一つはその数年前になくなった祖母へ。

「昔はお祖父《じい》様とお兄様と三人で、お祖母《ばあ》様のお墓参りをしましたね?」

「そうだな……なんだかなつかしい」

今日は祖父の命日だが、祖母の命日にも必ずこの場所を訪れようとイルゼは誓った。

寄り添うように並んだ墓標に、イルゼとフェリクスはそれぞれ百合の花をそっと手向けた。それから目を閉じて、今は亡き二人に語りかけた。

一年前の祖父の命日は、ラウレンツとの婚約が破棄されたばかりでちょうどイルゼが男遊びをしていたという噂が流れていた時期だ。

（心の整理がつかなくて、どこかでお祖父様を恨んでいたかもしれません。ごめんなさい……。でも、今度は必ず自分で考え、自分で決めます）

ラウレンツとの婚約は祖父が勧めたものだった。イルゼは当時まだ十六で、恋も知らない子供だった。年上で、侯爵子息のラウレンツはイルゼにはとても素敵な人に見えた。だから彼女は家族が決めた婚約を素直に喜び、すべてを任せてしまった。

結果、縁談を持ってきた祖父を恨む気持ちが少しもなかったとは言い切れない。

ヴィルフリートとの婚約はそれとは真逆だ。

きっかけは強制されたものだったが、選んだのはイルゼだ。「妃の生家」という肩書きを得るフォラント伯爵家は、イルゼの事情に否応《いやおう》なしに巻き込まれる。

少なくとも、伯爵家の両親と兄を不幸にしないように――イルゼは祖父の墓標の前で誓った。

「ずいぶん長く祈っていたな」

イルゼが目を開けると、先に祈りを終えていた兄と目が合った。

「ええ……。最近いろいろなことがありましたから」

「それもそうか。さあ、神父様に挨拶をしてから帰ろうか？」

「はい」

イルゼは兄に続いて立ち上がり。教会へと続く通路を歩む。

教会の横には大きな樫《かし》の木が植えられている。その幹に持たれるように誰かが立っていた。イルゼとフェリクスはほぼ同時にその正体に気がついて、ピタリと足を止めた。

「やぁ、ごきげんよう……イルゼ殿、フェリクス殿」

なぜか親しげに手を振っているのはイルゼの元婚約者であるラウレンツだった。

護衛は周囲の警戒にあたっているが、それはあくまで不審者に対するものだ。イルゼ一人のために誰かを弔う目的で訪れた者を排除することははばかられ、人の出入りまでは制限していなかった。

それで十分だと考えていたイルゼは、甘かったのだろうか。

フェリクスがすぐにイルゼを守る位置に移動する。ラウレンツは肩をすくめ、警戒する必要はないのだと主張した。

「ラウレンツ様、ごきげんよう。このような場所で再会するとは夢にも思っておりませんでしたので驚きました」

「まぁ、偶然ではないからな」

互いの祖父同士が親しくしていたのだから、宮廷に部屋を与えられているイルゼが久々に実家へ帰るという情報をどこからか聞き出したとして、目的が墓参りだと予想するのは簡単だったはず。

「皇帝陛下は、私とあなたが顔を合わせるのを嫌うでしょう。……私は、陛下に誠実でありたいので、失礼させていただきます」

イルゼはラウレンツと距離を取りつつ、馬車のある方向へ足を向けた。

「聞いてくれないか？　今日は過去の過ちを詫《わ》びに来たんだ」

「お詫び……ですか？」

二ヶ月前に宮廷で会ったときの態度とは明らかに変わっている。

彼が改心したなどとはつゆほども考えていないイルゼだが、この男の目的がはっきりしないと不安でもある。だから警戒し、一定の距離を保ちつつもラウレンツと対峙した。

「私はバレーヌ国滞在中に真実の愛に目覚めてしまった。私たちはほとんど顔を合わせる機会がなかったのだから仕方がない。……けれど、婚約者同士だったのは事実だ。……すまなかった」

仕方がないと断言できるふてぶてしさはいっそ清々《すがすが》しい。だとしても、互いの愛情が芽生える環境になかったという意見には、イルゼも同意できた。

「そうですね……。真実の愛というものを大切にされるお気持ちを、私は否定いたしません」

「そうか！」

「はい。その件は一年以上前に終わっていますから」

許すという言葉をイルゼは使わなかった。当時のイルゼは、婚約破棄そのものは残念だが受け入れようとしていた。

問題はその後の出来事だ。ラウレンツの知人が勝手にやったことになっている一連の騒動については、絶対に許すつもりはない。

ラウレンツはイルゼの言葉を都合よく受け取って、満面の笑みだった。

「私には、君が幸せな結婚をするのを手助けする義務があるんだ」

「……は？」

彼の声はしっかりと届いているのに、イルゼには意味がわからなかった。

イルゼがあっけに取られていると、フェリクスが一歩前に歩み出る。

「ラウレンツ殿、心配は無用だ。イルゼには誰よりも幸せな結婚が約束されている。思い上がりも大概にしてもらおう」

フェリクスが強い非難を態度で示す。ラウレンツの言葉は、ヴィルフリートとイルゼの関係を否定するものだから看過できないのだ。

「それは、どうかな？」

意味ありげに、ラウレンツの口元がゆがんだ。

「皇帝陛下はすばらしい君主であらせられますし、なにより私を大切にしてくださいます。私も心から陛下をお慕いしているのですから、どこにも不安はありません」

イルゼは自分が皇帝に愛されているのだと強く主張した。「真実の愛」を語るラウレンツへのくだらない対抗心もあるのかもしれない。

それでもラウレンツと愛のない結婚をするよりも、何百倍もの幸せがイルゼに約束されているのは、疑いようがなかった。

「いいか、君のために言うのだが……皇帝陛下にはとある疑惑がある」

「疑惑……？」

ドクン、と鼓動が高鳴った。

「聞きたいのかな？」

「いいえ……。疑惑などに惑わされるのは愚か者ですわ」

イルゼは取り合うつもりはないと断言したものの、本当はこれ以上彼との会話を続けるのが恐ろしかった。

ラウレンツがこれから語る疑惑が、イルゼが知っている皇帝の秘密と同じであるかもしれないからだ。

「いいから聞きなさい。その疑惑というのは、陛下は不義の子で、帝位継承の正当性がない……というものだ」

ラウレンツは兄妹に一歩近づき、小声で告げた。

（嘘……どうして？　どうして彼が知っているの……！）

嫌な予想があたってしまった。軽いめまいを起こし、イルゼは思わず兄の腕を摑む。

「ラウレンツ殿！　今の私は陛下の婚約者を守護する役割をいただいている軍人だ。権限により、不穏な発言をする者を不敬罪で拘束できる立場だ。なにか証拠があってそのような発言をしているのか⁉」

フェリクスが、震えるイルゼをしっかりと支えながら声を荒らげた。

それでもラウレンツにひるむ様子はない。

「これは純粋な善意からの忠告だ。……私は身を引いてくれたフォラント伯爵家とイルゼ殿のためを思い、あえて危険を冒しているのだよ」

彼は自分に酔っている。急に態度を変えて、いったい誰が信頼するのだろう。

確かにラウレンツの言葉に嘘はない。イルゼは、ヴィルフリート本人から先帝の血を引いていない件について聞いているのだから。

ただ、彼がこの件をイルゼたちに伝える理由が、純粋な善意ではないというのもわかりきっていた。彼はなにかしらの利益を得られると期待して、わざわざこんな場所にやってきたのだ。いったいどんな目的があるのかわからないのが恐ろしかった。

「くだらない！」

フェリクスが一蹴する。

「やはり、私の忠告は無駄か……。あぁ、私の不敬罪とやらの証人が君たち二人だけではなにもできないと思うが？」

フェリクスはラウレンツを捕らえようと延ばした手を途中で止めた。

この場でラウレンツがどれだけ皇帝に対する不敬な発言をしても、ただ聞いただけでは彼を捕らえることは難しい。以前から彼と確執のあるイルゼとフェリクスでは証人になれないのだ。

「ラウレンツ様、ご忠告は記憶に留めておきます。ですがやはり、ただの噂を信じることなど私にはできませんわ。……だって、私自身が悪意を持った者に事実をねじ曲げられ、貶められた経験がありますもの。それはあなたもよくご存じでしょう？」

結局イルゼはそう言うしかなかった。

「あれは不幸な事件だった」

ラウレンツは神妙な面持ちだ。その芝居がかった態度が、イルゼには気色悪く思えた。婚約の件での不義理は認めるものの、その後の事件は一貫して他人事。彼はなに一つ変わっていないのだ。ラウレンツを信じられるはずがない。

「不幸……というより、不愉快な事件でしたわ」

「イルゼ殿がすぐに信じられないのは当然だ。……手遅れになる前に頼ってくれれば、少しは力になれるはずだから」

彼はそれだけ言うと、手を振りながら去っていく。

妙にあっさり引いてくることといい、イルゼの知っているラウレンツらしくない行動ばかりだ。信用できない相手に好意を向けられると、鳥肌が立つものらしい。

「イルゼ、あの男の言葉など真に受ける必要はないよ」

「わかっています。お兄様」

頷く一方で、兄に嘘をついているという罪悪感に支配された。イルゼにとって、家族は守りたい存在だ。けれど同時に、ヴィルフリートを支えていきたいという思いがだんだん強くなっている。

ヴィルフリートと家族、どちらかを守ろうとすると、どちらかを裏切る状況に陥ったら、いったいどうしたらいいのか。

墓参りから戻ったイルゼは、ヴィルフリート宛てに手紙をしたためた。ラウレンツの奇妙な行動、そしてヴィルフリートの噂を彼が知っていたことを報告するためだ。

イルゼとしては、早く自分の口からこの件を伝えたかった。けれど、すぐに動くのは危険だ。ラウレンツがイルゼの行動をどれくらい把握しているのかわからないからだ。

あの男の目的を知る上でも、イルゼは皇帝を疑い、心が揺れ動き、裏切る可能性があるのだと思わせておくべきだった。

（それにしても……陛下の秘密は、お兄様にすら話していないのになぜ？）

イルゼは約束を守り、ヴィルフリートが先帝の血を継いでいないという事実を誰にも明かしていない。それなのにラウレンツが噂を真実のように語っていた。

あれだけ自信があるのだから、以前から言われているヴィルフリートが優秀すぎるのを理由にした冗談とは違うのだろう。

ヴィルフリートにこの件を報告したら、イルゼが広めた犯人だと思われはしないだろうか。そうではなくとも、イルゼ以外の者がすでにこの件についての情報を得ているのなら、口封じのための婚約など必要なくなる。

（本当に……、もう陛下との婚姻が必要な理由がなくなってしまったのね？）

気持ちの整理をする時間を与えられていると考えて、イルゼは予定どおり伯爵邸に数日滞在したあと、宮廷へと戻った。

別れの言葉を聞くために、わざわざ会いにいくのはひどく気が重かった。

◇　◇　◇

宮廷へ戻ったイルゼがヴィルフリートに会えたのは晩餐《ばんさん》の席だった。

マリアンネも一緒だったため、その場ではヴィルフリートの秘密についての話題は避けて食事を終える。

彼は去り際に、話したいことがたくさんあるから眠らずに私室で待っているようにと言い残した。

私室に戻ったイルゼは読書をしながらヴィルフリートの訪問を待っていたのだが、元同僚の侍女が彼女から本を取り上げた。

「イルゼ様、なにをのんびり本なんて読んでらっしゃるの？」

「今夜は陛下がいらっしゃるので、それまで暇ですから」

奪い返そうとした腕が空を切る。

イルゼにとって、聞きたくない話をするために訪れるはずの彼を待つ時間は苦痛だ。だから気を紛らわすための読書を妨げないでほしかった。

「……信じられないわ！　あなた、なにを考えているの？　陛下が夜にいらっしゃるというのは、夜伽《よとぎ》を命じられたという意味でしょう！　身を清めて着飾りなさいよ」

「そんな隠語ありましたか？」

イルゼはまったく誤解していないはずだった。ヴィルフリートは無駄を嫌う人間だ。本人が必要だと感じていなければ、遠回しな表現を使わない。

もっとわかりやすく――たとえば「身を清めて待っていろ」とだけ言いそうだった。

「なくても感じ取るものなの！」

「陛下に限って、それはないと思います。お互いに報告があるので、その件でいらっしゃるだけですわ」

「そういう純情ぶっているところが気に入らないのよ！　……もし、陛下にそのおつもりがなくても、その気にさせるくらいのやる気がある相手に負けたのなら、わたくしだってこんなに腹を立てたりしませんのに」

侍女が頰を膨らませる。彼女は以前、イルゼのコルセットを必要以上に強く締めるという小さな嫌がらせを指示した人物だ。

親しかったはずの元同僚の変化に、あのときのイルゼは傷ついた。

今はもっと直接的な悪口を言われているのに、真正面から向かってきてくれるだけで、なぜだか清々しい。

「……ごめんなさ……ではなく、ありがとう。あなたの意見に従います」

きつい言葉とは裏腹に、侍女の提案が嫌がらせではないとイルゼは感じていた。本当にヴィルフリートが夜伽を命じるとは思っていないイルゼだが、侍女の言葉を蔑ろにはしたくなかった。だから素直に湯浴《ゆあ》みをして、隅々まで身体を清める。

侍女はひらひらしたナイトウェアを用意してくれたが、さすがにそれだけは拒絶した。イルゼまで、今夜甘い時間を過ごせるかもしれないなどという勘違いをするのは恥ずかしい。

「信じられませんわ。……なんですか？　その地味なドレスは……」

イルゼが選んだドレスは、肌の露出が少なめというだけで、地味ではない。質素なドレスではヴィルフリートからもらったイヤリングが似合わないからだ。

「陛下は私がなにを着ていても、気にされない方ですから。女性の装いには関心を持っておられないみたいです」

「嘘をおっしゃらないで。あんなにたくさんのドレスや宝飾品を贈られているくせに」

大胆なドレスを手にして迫ってくる侍女をどうやってかわそうかと、イルゼは必死にもっともらしい理由を考えた。

そのとき――。

「なにを着ていても可愛らしいと思っているだけだ。気にしない、関心がないというのは違うよ、イルゼ」

いつの間にかヴィルフリートが扉の前に立っていた。服選びに夢中になっていて、彼の訪問に気づけなかった。

「気づかずに申し訳ありません」

「こちらこそ、遅い時間にすまないな」

「かまいません。わざわざのご訪問、大変光栄に思い――」

「そういう面倒なのはいい。……おいで」

形式的な挨拶を遮って、ヴィルフリートはソファに深く腰を下ろす。手招きをしてイルゼに隣に座るよう促した。

イルゼが素直に従うと、ヴィルフリートが目配せして侍女を下がらせた。

テーブルには葡萄酒《ぶどうしゅ》とグラスが用意されている。イルゼはそれを注いで、彼の前に置く。

「いただこうか。君も飲むといい」

「はい」

ヴィルフリートに続いて、イルゼも葡萄酒のグラスを傾けた。彼の好みに合わせて用意した赤い液体は少し渋めで、それがイルゼの今の心境を表しているようだった。

気持ちを落ち着かせるために口にしたのに、これでは逆効果だ。

「どうしたのだ？　捨て猫みたいな顔をしている。……君のめずらしい顔が見られるのなら、たまの暇もいいものだ」

ヴィルフリートが手を伸ばし、イルゼの髪に触れた。なにか特別な話があるのは、彼のほうだろうに、なぜ普段と変わらないのだろうか。

「祖父のお墓参りに行ったとき、ラウレンツ様が待ち伏せをしていた件はすでに報告させていただきましたよね？」

イルゼは駆け引きが苦手だ。耐えきれず、自分から話を切り出した。

「ラウレンツ……？　ああ、あの男か。グートシュタイン侯爵子息だったな」

「はい、さようです。それで……手紙を……」

あの手紙を読んで、ヴィルフリートはどう感じたのだろうか。

「広まるのが思ったよりも早いな。アンブロスに調査をさせているから、彼からの報告を待ってくれ」

淡々と状況を説明しただけで、ヴィルフリートはラウレンツの件に興味を示さない。

イルゼにとって意外な反応だった。なぜ秘密が外部に漏れたのか、誰が漏らしたのかと激昂《げきこう》すると思っていたからだ。

「なんだ？　納得できないのか……。ならば、イルゼはどう考える？　どうしたい？」

そうやって、彼はいつものようにイルゼを試す。

「ラウレンツ様の意図はよくわかりません。ただ、私と和解したい様子でした。彼にどんな利益があるのか……」

宮廷で再会したとき、彼は婚約破棄の真相がジョゼットに知られてしまうのを恐れていた様子だった。彼にとってイルゼは、今でも邪魔者だ。イルゼが妃となり、侯爵家よりも強い権力を手に入れたら困るだろう。

けれど、ヴィルフリートの皇位に正当性がないと本気で信じているのなら、いっそヴィルフリートの破滅にイルゼも巻き込まれることを望むはず。

イルゼに忠告など与えて、いったいどんな得があるのだろうか。いくら考えてもわからない。

「あの男の話はどうでもいい。君がどうするのかを聞いている」

「ヴィルフリート様は私を疑っておいでですか？　噂を流したのは、私だとお考えではないのですか?」

「……さぁな。君はそんなこともわからないのか?」

その瞬間、ヴィルフリートの瞳に暗い影が落ちた気がした。彼は明らかに怒っていた。

それが答えだと思うと張り裂けそうなほどイルゼの胸が痛んだ。彼と過ごしていると時々感じていた痛みが、何十倍にも増幅された。

今までイルゼは何度か理不尽な目に遭ってきたのに、一人の人間の信頼が得られなかったというだけで、こんなにも傷つくのだ。

「私……、誰にも……」

どれだけひどいことをされたかではなく、その人がどれだけ自分にとって大切かによって、心の痛みは変わるのだ。

「君には少し仕置きが必要なのかもしれない」

彼は突然立ち上がり、イルゼを捕らえる。荒い手つきで運ばれて、寝台の上に転がされた。イルゼは恐怖で彼の顔すら見ることができず、ギュッと目をつむる。

「震えて……そんなに私が怖いか?」

「違い……ます……。私……」

ヴィルフリートが怖いのではない。彼に嫌われて、彼との関係が終わってしまうのが怖いのだ。

「強がりを」

目をつむったまま身をこわばらせていると、首元にヴィルフリートの吐息を感じた。そのまま首筋を噛まれる。これから仕置きがはじまるのだろうか。

イルゼにはなんの罪もないはずだった。噂を広めたのは彼女ではないのだから。

「……うっ、……ぅっ……」

イルゼが耐えられなかったのは胸の痛みだ。みっともないとわかっているのに、嗚咽《おえつ》が漏れた。

「ちょ、ちょっと待て。イルゼ、なぜ泣くんだ？」

急に身体が軽くなる。覆い被さっていたヴィルフリートが半身を起こしたからだ。

「……ヴィルフリート様？」

なぜ彼がそんなに焦っているのだろうか。仕置きをすると言って、噛みついたのは彼のほうだ。好意を抱いている相手に信じてもらえなかったら誰だって泣きたくもなる。

困惑したイルゼがゆっくりと目を開けると、寝台の端に腰を下ろし頭を抱えているヴィルフリートの姿があった。

「冗談がすぎた。もう怖がることはしないから、泣かないでくれ……。ほら」

彼が上着のポケットを探り、白いハンカチを差し出した。イルゼは反射的にそのハンカチを受け取る。

「私が不誠実だった。……許せ、イルゼ」

「あの？」

イルゼが半身を起こすとすぐに抱きしめられる。腕が自由に動かせず、これではハンカチが無意味だ。イルゼの涙は、ヴィルフリートのシャツに吸い込まれていった。

「この二ヶ月のあいだで、互いをよく理解できるようになったと感じていたから、信頼されていないとわかって腹が立った。子供じみた真似《まね》をしてすまない」

もう先ほどまでの恐ろしいヴィルフリートはいなかった。声色が優しい、イルゼの好きないつもの彼だった。

「信頼……？」

イルゼは彼に好意を抱いているし、彼をすばらしい為政者だと思っている。当然、信頼しているはずだった。

「どんなに親密になっても、君を手に入れた手段が脅しだった事実は変わらない。君が怯えるのは当然だ。だから、イルゼはなにも悪くない」

「私が秘密を広めた犯人だとお疑いではないのですか？」

「そんなわけがないだろう。だとしたら、なぜ手紙をよこして、堂々と宮廷に戻ってきたのだ？　こうやって囚われて私から逃れられない予想くらいできるだろう？」

裏切りを疑われていないのならば、イルゼは今、いったいどんな理由で囚われているのだろうか。ヴィルフリートは強めに胸を押しても離してくれず、ブルネットの髪を弄ぶ。

「なぜ先ほどは怒っていらっしゃったのですか？」

「だから！　君が私をまったく信頼していないからだと言っている。……時々君は、察しが悪い」

「私はヴィルフリート様を尊敬していますし、信頼しています」

自信を持って断言するが、耳元でフーッ、と大きなため息がこぼれ、イルゼの言葉は否定された。

「イルゼ。君は、泣いている女性にハンカチを差し出すも、素通りされたまぬけな男を知っているか？」

そう言って、彼はイルゼと出会う以前からの話を彼女に聞かせた。

◇　◇　◇

フォラント伯爵家の娘、イルゼ。ヴィルフリートは時々、妹からその名を聞いていた。

賢くて優しい娘だというので、一度会ってみたいと考えていたヴィルフリートだが、その機会はしばらく訪れなかった。

彼女には社交界デビューをしたときからすでに親が定めた婚約者がいた。その婚約者が外交官として隣国に赴任したために、パートナーを必要とする舞踏会には出てこないのだ。

定期的にマリアンネのもとを訪れているらしいが、ヴィルフリートとしては婚約者のいる女性への興味を口にするのははばかられた。

その時点ではただ妹と親しくしている者に対する興味だ。異性として絶対に彼女に会ってみたいと考えていたわけではなかった。

彼女への興味がさらに強くなったのは、イルゼの婚約破棄騒動が起きてからだった。

「イルゼったら、わたくしが協力すると言ったのに断ったんですのよ！　まったくこんなときくらい友人の力を借りても許されますのに。だから侯爵家に逃げられたのですわ」

それは、イルゼが婚約者の不在中に男遊びをしていたという話が、彼女を陥れる目的の嘘だったと証明された頃。

マリアンネはイルゼ側の勝利を喜びつつも、皇女や皇帝の名を使えば、実行犯の小者だけではなく、グートシュタイン侯爵子息も断罪できたはずだとして、残念がっていた。

「……それでもフォラント伯爵家はよくやったと思うぞ」

「ですが！」

他人の色恋沙汰など、ヴィルフリートにはどうでもいい話だが、フォラント伯爵家の奮闘には賞賛を贈りたいと思っていた。

マリアンネによれば、伯爵も、イルゼの兄も、誠実さだけが取り柄の平凡な男だという。イルゼが彼らに指示を出し、徹底抗戦したというのだから驚きだ。

皇女であるマリアンネの友人という立場を利用しようと考える者は非常に多い。無欲で誠実な者が権力に近づいたせいで性格がゆがんでいく様子を、ヴィルフリートたちは何度も目にしてきた。

マリアンネはおそらく、イルゼが皇族に頼らない姿勢を守り続けているから、友人として信頼しているのだろう。

「いいか、マリアンネ。こういった案件に皇族が介入するのは悪《あ》しき前例を残すことになる。私たちが進めるべきは、平等な裁きが下される制度の構築だ」

皇族が介入した結果で、訴えが認められたり退けられたりしたら、それこそ問題だ。

ヴィルフリートの責務は妹の知人を守ることではなく、身分の高い者の理不尽を許さない制度を作ることだ。

むしろ、この件にマリアンネが口を出せば、皇族の公平さが損なわれていたかもしれない。フォラント伯爵家やイルゼが、それをわかっていたのだとしたら、彼らはマリアンネにとって本当に信頼に足る者たちだ。

「それでも、友人としてなにかしたかったのですわ！　……今だって、彼女が気にしているのは兄君の結婚相手がいなくなるということだけで、自分自身はどうでもいいと思っているのですから」

イルゼという令嬢は賢くて優しい――温和な人物だと聞いていた。

けれどそれは、親しい者に対して見せていた一面であり、敵には絶対に屈しない強さを内に秘めていたのだ。

最近、強い部分だけが誇張され、彼女の悪評が流れている。それですっかり結婚を諦めてしまったらしい。

「しばらくそなたの侍女にするのはどうだ？　皇女と個人的に親しいという証があれば、彼女を望む者も現れるだろう」

法廷闘争に介入するのは問題だが、彼女がマリアンネと親しいという事実まで隠す必要はない。よい条件の結婚相手を望む娘にとって、皇女に仕える立場は、箔をつける意味合いにもなる。

「まぁ！　素敵なアイデアですわ。ですが、お兄様がそのような気遣いをするなんてめずらしいですね？　いつも近寄ってくる女性に冷たいのに……」

「妹の友人だからな。……会ったことすらないが……」

　ヴィルフリートはただ、努力をする者を好ましく思うだけだ。顔を合わせたことのない令嬢に異性としての興味など抱くはずもない。

　宮廷に上がることで、実際に彼女の人となりを知る者が増えれば悪評も消える。結果として彼女を妻に迎えたいと望む者が現れるかもしれないと考えたのは本当だ。

　もしイルゼが結婚を諦めているのなら、マリアンネを支える役割にぴったりだ。むしろ、そうなってくれたらありがたいとさえ思っている。

　この提案は、どちらに転んでも不幸になる者がいない、すばらしいものだとヴィルフリートは確信した。

「宮廷に上がる前に私にも紹介してくれ。そうだ、次の舞踏会に招待するといいだろう」

「彼女の性格からして、素直に応じるとは思えませんわ」

「……ならばドレスを用意しよう。律儀な性格の者ならば、こちらが勝手に作ったドレスを無駄にはしない」

若干卑怯ではあるものの、交渉相手と同じテーブルにつくための方法としては有効だ。

たとえば、食事やお茶を用意するから一緒にいかがですか？　と誘っても、遠慮する者は多い。ところがすでに食事やお茶を用意してしまったと言えば、大抵の者が席に着く。

招待状と同時にドレスを用意するのは、それと同じことだ。

「お兄様、本当にどうなさったの……？」

マリアンネが訝《いぶか》しげな視線を向けてくる。

「優秀な人材ならば、性別に関係なく取り立てたいと考えているだけだ」

ヴィルフリートは国が潤うための提案をしてくれる者を、身分に関係なく重用するために、ゆるやかな改革を推進している。当然、高位貴族の反発は頭痛の種であり、そういった家との繋がりを持ちたくないために、なかなか妃を定められずにいる。

しがらみのない家の、強く賢い女性ならば、妃にふさわしいのではないか――そんな期待をみじんも持っていなかったとは言えない。

そして迎えた宮廷舞踏会の夜。マリアンネが贈ったドレスを着ているはずのイルゼはすぐに見つかった。遅れて会場に入ろうとしたヴィルフリートは、彼女と子爵が争っている場面を柱の陰からこっそり見守っていた。

子爵は、自分から進んでイルゼに突っかかり、勝手に墓穴を掘って年下の娘に論破されていた。滑稽だと彼を笑いものにする者が大半ではあるものの、生意気な娘だとイルゼを非難する者もいた。

（彼女の地位がもっと高ければ、生意気な娘だなどと誰も思わないだろうに……）

彼女が子爵に背を向けて、はじめてイルゼの顔がはっきりと見えた。

ブルネットの髪に、夜と同じ色の瞳の令嬢だ。

涙がこぼれないように必死に耐えているのはすぐにわかった。先ほどまで、自分が正しいと信じ、名誉を守るために理路整然とした主張をしていた彼女の強さは、どこかに消えていた。か弱い――ごく普通の令嬢だった。

彼女が必死に平静を保とうとしながら会場を出ていこうとしたとき、ヴィルフリートの身体は勝手に動いた。

とっさに進行方向を塞いで、気がつけばハンカチを差し出していた。

「必要だろうか？」

イルゼは一度立ち止まり、けれどヴィルフリートのほうを見なかった。

「お気持ちだけ……、お気遣いありがとうございます」

ぽつりとドレスに落ちた水滴は、おそらく涙だ。

「必要なはずだ」

イルゼは深々とお辞儀をして、差し出したハンカチを受け取らずに会場を出ていった。

（この私の気遣いが……拒絶された、だと？）

突然姿を見せた皇帝が、令嬢に逃げられた。

会場にいる者たちは、ばっちりその場面を目撃したはずだ。そして、なにも見なかったことにするらしい。

皆の余計な気遣いがヴィルフリートの心をむなしくさせた。

（イルゼ……か。このままで終わると思うな……）

恥をかかされたヴィルフリートだが、不思議なことに彼女に対する怒りはなかった。ただ、夜と同じ色の瞳にしっかり自分の姿を映したいという願望を強く抱いた。

こうしてヴィルフリートは一方的にイルゼへの興味を膨らませていったのだ。

◇　◇　◇

宮廷内で妙な噂が流れているという話を最初に把握したのは、側近のアンブロスだ。

「いつもの冗談ではないのか？」

ヴィルフリートが先帝の血を引いていないという噂は、以前からあった。

小心者のくせに皇帝としてのプライドだけは高かった先帝は、あまりよい為政者とは言えなかっただろう。

ヴィルフリートに好意的な者は、善政を敷いている現皇帝への賞賛を込めて。そうでないものは、もしそうだったら面白いことになるという願望で——根拠のない噂は即位した直後から存在していた。

ヴィルフリートもマリアンネも、母親似だ。けれどそれを理由に不義が疑われるのはさすがに無理がある。放置していても問題のないただの噂だ。

そう考えていたヴィルフリートだが、今回はどうもこれまでとは違うらしい。

「それが、……ゲオルク殿下が積極的にその噂を流しているのではないかと」

「面倒な」

ヴィルフリートは亡き母が不貞をするはずがないと信じていた。けれど、先帝も、その妃カサンドラもすでに故人である。

そしてヴィルフリートが生まれる前や赤ん坊だった頃の母の行動など、彼には証明できない。

彼自身、両親の仲が睦《むつ》まじかったという記憶はない。だから、噂がまったくのでたらめだと一蹴できなかった。

少なくともゲオルクが意図して噂を流しているのだとすると、このままで終わる可能性は低かった。だからヴィルフリートはまず、アンブロスに命じて先帝とカサンドラについての調査をさせた。

そして、過去の公務の記憶などが記された公文書の保全を命じた。同時にそれらの記録について、許可のない者が閲覧できないように管理の徹底を指示した。

「よかったですよ。一部の公的記録は保全義務が二十五年ですから」

「二十五年？　だったら、もう廃棄しているのではないか？」

「いいえ。保全義務が二十五年で、廃棄義務ではありませんから」

アンブロスの説明では、長期保管が義務づけられている公的記録は、数年分をまとめて処分するのが慣例となっているとのことだった。大切なのは現在二十六歳のヴィルフリートが母の胎内に宿った時期だ。

約二十七年前の廃棄されていてもおかしくない記録がまだ残っている。アンブロスはそれをよかったと言ったのだ。

「……ずいぶん都合のよい時期に妙な噂が流れるものだ。アンブロス、それらの記録はすでに処分されたという情報を流しておいてくれ」

「心得ました」

すべてを語らなくても、優秀な側近はヴィルフリートの意図を読み取ってくれる。

「まったく！　妃選びだけでも頭が痛いというのに、兄上は邪魔ばかりだ」

ヴィルフリートは二十六歳で、そろそろ真面目に妃を選ばなければならない。

今の時点でヴィルフリートになにかがあれば、次の皇帝はゲオルクだ。仮に自分に皇帝としての正当性がないとしても、責任ある一人の人間として、彼は絶対にゲオルクに皇帝の座を奪われるわけにはいかなかった。

妃を定め、後継者である皇子の誕生が望まれている。

どのような者を妃とするかを決定するだけでも苦労が多いというのに、ヴィルフリートを玉座から引きずり下ろすための噂までささやかれはじめた。

「せめて妃だけは、私を助けてくれる者がいい。面倒な女に煩わされるのはごめんだ」

高位貴族の令嬢や他国の王族など、ヴィルフリートには両手に余るほどの縁談が来る。

ただし、政策の邪魔をしてくる外戚はいらないし、無能な妃もいらない。多くを望んでいるわけではないはずなのに、条件を満たす女性が見つからない。

「……陛下。そんなわがままばかり言っているからいつまでも独身なんですよ」

「そなたも独身だろう？　私は自分の好みではなく、トドルバッハ帝国の利益となる女性を望んでいるだけだ。私ほど私心のない人間がいるものだろうか？」

するとアンブロスはあからさまに非難の視線を向けてくる。

「仕事ばかりで家庭を顧みない男と結婚しても、楽しくなさそう……」

「仕方がないだろう！　それが皇帝というものだ」

ヴィルフリートはなんとなく、マリアンネの侍女となっているはずのイルゼのことを思い浮かべた。

（あの令嬢……。さては、私を避けているな……？）

たとえば隣国の大使夫人が宮廷を訪れた際、マリアンネが夫人をもてなす役割を担っている。語学が堪能なイルゼは侍女となってからマリアンネをよく補佐してくれているという。

妹がいつも彼女をほめるので、ヴィルフリートとしても一言、労いの言葉でもかけようかと考えていた。だから先日、それとなくマリアンネに連れてくるように促した。

「お兄様、イルゼが気になるのなら、素直にそうおっしゃればよろしいのに」

「ち……違う！　いつも彼女のことを話すのはマリアンネのほうだろう？　私はまったく気になっていない！　無理に連れてくる必要はない」

妹の訳知り顔が気に入らず、ついそんなことを口走った。だから結局、あの舞踏会から三ヶ月経っても、ヴィルフリートはイルゼと直接話ができないままだった。

妃選び、そしてゲオルクの不穏な動き——少し冷静になろうとアンブロスを供にして皇族専用の中庭を散策していると、ツゲの木の奥に誰かが潜んでいるのを察知した。

（……兄上の手の者か、別の者か……）

ここに入れるのは、ヴィルフリートとマリアンネ、それから二人の皇族に仕えている者だけだ。あらゆる可能性を考えても、通路から逸れた場所に身を隠す理由はない。

（あえて聞かせて、反応をうかがうとするか）

ヴィルフリートが不義の子だとわざと聞かせて動揺すれば、ゲオルク以外の者が放った間者。そうでなかったらゲオルクが放った間者だ。

現在ヴィルフリートの一番の不安材料は、先帝の血を引いていないという疑惑だ。ツゲの木に潜む者の目的が、この件に関係しているのか否かは大変重要だった。

疑惑に関わっていてもいなくても、間者は捕らえてここで見聞きしたことが漏れないようにするのだから、なにを聞かせてもかまわない。

そう考えたヴィルフリートは、アンブロスに目配せをしながら芝居をはじめた。

「私が不義の子で、先帝の血を引いていないという事実が明らかになったら、間違いなく退位。……それどころか処刑だな」

ツゲの木の奥の様子をうかがいながら、ヴィルフリートは疑惑を真実かのように語った。

「そうならないために、手を尽くしているのです！　なにを他人事のように言っておられるのですか、陛下は！」

アンブロスは主人の挑発的な間者のあぶり出し行為にあきれている。けれど声だけの演技はヴィルフリート以上の出来だった。

潜む者はすぐに反応した。ヒュ、と動揺を隠すような息づかいと同時に、木が揺れた。

「ネズミが一匹、紛れ込んでいるようだ」

また、ツゲの木が揺れる。相手はきちんと訓練を受けた間者ではないのかもしれない。よくも素人が皇族のプライベートな場所まで入り込めたものだ、と彼は驚いた。

「この場で斬られたくなければ、今すぐ出てくるがいい」

間者を追い詰めるため、ヴィルフリートは腰に差していた剣に手をかけて、わざと音を聞かせた。

「……恐れながら……ネ、ネズミではありません、猫ですわ」

ガサガサ、と音を立てて、ツゲの木の奥から最初に出てきたのは二本の腕と白い猫だった。しかも明らかにこの宮で飼っている、マリアンネの愛猫だ。

続いて慎ましいドレスに身を包んだ女性が姿を見せた。

ブルネットの髪に凛《りん》とした目元が印象的な令嬢――イルゼだった。

「……フッ、確かに猫だ……。それも二匹。白猫と黒猫か。君は……イルゼ殿だったな？」

真っ青な顔で怯えているイルゼには悪いことをしてしまった。

まさか、猫のご機嫌を取るためにこの場でじっとしている者がいるなどと、さすがのヴィルフリートも予想外だ。

彼女が間者という可能性はない。ヴィルフリートは本当に余計な話を彼女に聞かせてしまったのだ。

（だが、困ったな……。証明できない疑惑を私自身が口にしてしまったのだ。そのまま帰すわけにはいかない）

ゲオルクの陰謀であるという予想ではあったが、なにせヴィルフリートにも確証がない。

ひとまず、口止めは必要だと考えたヴィルフリートは説明のため、彼女と二人で話をすることにした。

敵か味方かもわからない相手と言葉遊びをするのは、きっと彼女にとって恐ろしいものだっただろう。戸惑いや恐怖が瞳に宿っていた。

けれど彼女は思考を放棄しなかった。皇帝と対峙する彼女には、身を守るための武術も、地位も、なにもない。ただ考えて、ヴィルフリートに納得してもらおうと足掻いていた。

ヴィルフリートは思ったのだ。彼女を近くに置いておきたい。――ほしい、と。

もしヴィルフリートに皇帝の資格がないと知っていても、秘密を守り、場合によっては一緒に滅びる覚悟を持った者を彼は求めた。

そんな理由でヴィルフリートはイルゼを巻き込むことに決めた。

イルゼとの話し合いが終わったあと、アンブロスからは「脅して妃に据えようとするなんて、いつかきっと後悔しますよ」と忠告された。

いつかではなかった。ヴィルフリートは結局、一週間もしないうちに後悔した。

◇　◇　◇

イルゼは宮廷舞踏会に招待された経緯と、ヴィルフリートの噂についての真相、それから彼がイルゼを妃に据えようとした理由を知った。

「では、陛下は不義の子ではなく、不義の子にさせられそうという状況に陥っておられるのですね?」

イルゼがそうまとめるとヴィルフリートが一度だけ頷いた。

「……結局、確証はないが故意に流された噂のうち、いくつかは嘘だと証明できる記録や証言を手に入れている」

父親が誰であるかは彼に限らず本質的に証明が難しい。なんの問題もない家庭で育ったイルゼですらきっと無理だ。

「よかった……」

「よくはない。君には経験があるだろう? ねつ造されたものを嘘だと証明するのがいかに難しいか」

ヴィルフリートの言うとおりだった。

約一年半前、顔も名前も知らない男が突然イルゼに誘惑されたと証言した。そのせいで彼女はふしだらな女だと噂されるようになった。

男がイルゼと会っていたと主張した日に、それが不可能であったという証明は難しい。

そもそも一年、二年前の特定の日にどんな行動をしたかなど覚えていない。覚えていたとしても、提示できる証拠は少ない。

イルゼの悪い噂と、ヴィルフリートの出生の秘密は本質的に似ていた。

「それでもよかったです。……だってそうでしょう？　国を守るためにずっと秘密を抱えて生きていくなんてつらすぎます。誰かがヴィルフリート様を陥れようとしている形跡が一つでもあるのなら、あなたはご自分の正当性を信じていいはずです」

この先もずっと共犯者でいるつもりだったからこそ、イルゼはわかる。

皇帝の地位にある権利を有していないという罪の意識に苛まれ、臣民のために尽くしながら、いつかその臣民に断罪される日が来るかもしれないという恐怖と戦い続けるのがどれほどの苦痛か。

「そうだな……、君の言うとおりだ。だが、この先も油断はできない。真実をねじ曲げられて、断罪された者など歴史を紐解《ひもと》けばいくらでもいる。私がその一人にならないという保証はない」

「そんな……！」

今回の件はまだ解決していない。それに、目に見える政敵がいるヴィルフリートには、きっとこれから先も常に誰かに陥れられる可能性があるのだろう。

けれど、ヴィルフリートならばできる限り危険を取り払い、慎重な行動をするはずだ。

彼は自分の命が国の安寧のために必要だと知っている人なのだから。今の発言は、彼らしくなかった。

「イルゼ、聞いてほしい。もう、君を縛りつけるものはなにもないんだ。望むのならば自由にしてやれる」

「自由、ですか?」

それは別れと同じ意味ではないのか。

ヴィルフリートは彼の妃という立場が危険だから、もう逃げてもかまわないと言っているのだ。

「君が信頼できる女性だとわかっていたのに、故意に私の知る事実を隠していた。……君をこの場に留めておく理由がほしかったのだ」

「どうして私を宮廷に留めておきたかったのですか?」

「宮廷ではなく、私のそばに……という意味だ」

そのとき、イルゼは以前に言われた言葉を思い出していた。

『私がどんな者であったとしても、君はその夜と同じ色の瞳で、今の私だけを見ていてくれ。……いいな?』

ようやく彼の気持ちが理解できた気がした。皇帝という地位の正当性が彼の中で揺らいだとき、誰もがヴィルフリート個人に目を向けていないという孤独に苛まれたのではないか。

図らずも、イルゼだけは違った。イルゼは出会ったときから彼の疑惑を知っていた。いつか断罪される可能性すらわかったまま、彼と親しくなっていった。

きっかけは偶然だ。イルゼが清い心を持っていたからヴィルフリートの本質に触れたわけではない。

けれど今のイルゼは、ヴィルフリートをただの青年として認識していた。

皇帝という地位や、血筋に関係なく、与えられた役割を全うし続ける彼を、イルゼは尊敬し、おそらく恋心を抱いている。

「ここを去ってもかまわない。私には引き留める権利がないのだから。……だが、理由などなしに、これからも私のそばにいてほしいと望んでいる」

皇帝であるヴィルフリートならば、条件で選んだ妃候補を手放したりはしないはず。

これは、イルゼの幸せを願っているただの男の言葉なのだとわかる。

「おかしいです……。尊敬していて、お慕いしているのに……いつかそばにいていい理由がなくなると思っていたんです……それが不安で、考えると胸が痛くて」

イルゼはヴィルフリートを信頼していなかったのだ。彼の優しさは、皇帝としての必然性によって成り立っているのだと考えていた。

贈り物をくれるのも、多くの時間を共有してくれるのも、妃に対して必要だからだと決めつけていた。

「離したくない。離さなくてもいいのだろうか？」

彼にしてはめずらしくためらいがちな言葉だった。

「私も、ずっと一緒に……離さないで」

もう不安は取り払われたはずなのに、なぜだかまだ涙があふれる。ヴィルフリートはイルゼからハンカチを奪って、そっと水滴を拭ってくれた。

「同じだ。私も君が離れていくことを恐れていた」

ヴィルフリートが強くイルゼを抱きしめる。濡れた目尻をペロリと舐《な》めて、すぐにほかの場所への口づけがはじまる。

額や、頬、ルビーのイヤリングがついた耳たぶに。ヴィルフリートの優しさを感じると、嬉しくてまた涙があふれてしまうから、いくら拭き取っても無駄だった。

「君は本当に可愛い。潤んだ瞳が綺麗だ……私は世辞など言わない。わかるな？」

「はい……、嬉しいです」

イルゼはヴィルフリートの背中に手を回し、わずかに顔を上げた。彼の青い瞳を見つめたまま、そっと唇を近づける。一方的な関係ではなく、自分からなにかしたかったからだ。

彼の唇は少し塩っぱかった。イルゼの涙の味だ。

泣かせたのは彼だが、なぐさめて、癒やしてくれるのもヴィルフリートだ。

これからは彼だけがその役割を負うたった一人の存在になるのだろう。イルゼも彼にとってのたった一人になりたかった。

ヴィルフリートが歯の隙間をこじ開けて、イルゼの口内に舌を忍ばせた。イルゼもためらいがちに彼の領域へと入り込んで、お互いの熱を移し合う。

最初は塩っぱいと感じていたのに、どんどんと唇が甘くなる。

「ふっ、……ふ、あっ」

貪るような口づけがはじまると、荒くなった呼吸が隠せない。

それだけで気持ちが昂っているのを知られるのは恥ずかしい。イルゼはいったん離れようと試みるが、ヴィルフリートがそれを許さなかった。

いつの間にか寝台に押し倒されて、彼女は逃げ場を失った。

口づけと一緒に、不埒な手がドレスの中へと入り込む。弱い内ももを撫でられるだけで、ビクン、と身が震えた。

「もう、耐えられそうにない」

彼はいったいなにに耐えようとしているのだろうか。鈍感なイルゼがきょとんとしていると、ヴィルフリートは困った顔をして、身体を密着させた。

「あ……」

太もものあたりになにか硬いものが押しあてられている。

イルゼは以前、きちんとそれがなんであるか説明を受けていた。いつかこの昂りをイルゼの中に埋めるのだと知っている。

「今までのように、君に触れるだけではもう満足できない……わかるか?」

コクン、コクン、と何度も頷く。今までヴィルフリートは、いつか本当の交わりをするための準備と称して、イルゼの身体に触れることはあった。けれど一方的に彼女を高みまで導くだけで、それ以上を求めてこなかったのだ。

「今日はこのまま君を私の妻にしたい。どうしても嫌ならば、君の侍女が駆けつけてくるくらいの大声を出して、私を拒絶してくれ」

押しつけられている男性の象徴は、服の上からでも凶器に思えた。イルゼは、今日でヴィルフリートとの関係が終わってしまうかもしれないと不安だった。だから、当然、彼に求められることなど考えていなかった。

「私は……」

「震えている。怖いのだろう?」

彼はどこかで拒絶を望んでいるのかもしれない。

「怖がっているのは、ヴィルフリート様のほうです。……戻れなくなるのが恐ろしいのですか？」

彼は目を見開いて、それから笑った。愁いを帯びた笑みだった。

「そうだ、君がほしくてたまらないのに、拒んでほしいと願っている。あたり前だろう？これから先、私の伴侶になることで、伯爵令嬢という立場なら背負わなくてよかった重責に悩み、きっと傷つく。君はとても優しい娘だから……」

ヴィルフリートこそ、どこまで優しい人なのだろうか。

彼が強い女性を妃にしたいと望んだ理由はきっとこれだったのだとイルゼは確信する。

誰よりも地位に伴う責任を知っていて、だからこそ伴侶には愛する者ではなくて、強い者を望んでいたのだ。

「私を一番傷つけるのはヴィルフリート様です。一緒にいても、お別れしても……」

「私が？　そんなはずはない」

イルゼは首を横に振る。

「あなたと口づけをするだけで、胸が痛かったんです。さっきもお話ししたでしょう？いつか婚約の理由がなくなったら、もう会えなくなるかもしれない……。そんなふうに不安で、このあたりが苦しかったんです」

イルゼはヴィルフリートの手を心臓があるはずの場所まで導いた。

もうなにもかもが手遅れだった。ヴィルフリートの懸念がそのとおりだとしても、彼と離れたくない。離れたら、心が死んでしまいそうだった。

「イルゼ……、愛している。だから私のものになれ」

「私も、ヴィルフリート様が好き……愛しています」

まだ出会って二ヶ月しか経っていない。それでもイルゼには迷いがなかった。

はじめての交わりは、再びの口づけからはじまる。

唇に押しあてるだけの浅い口づけを何度か繰り返し、徐々に深くなっていった。それだけで互いの境界が曖昧になるような錯覚を覚える。

欲張りなイルゼはもっと深くしてほしくて、彼を引き寄せた。口づけは続けられたままゴソゴソと手が這《は》い、ドレスが乱されていく。

胸のあたりの布が取り払われると、少しだけひんやりとした。チュッ、と音を立てて唇が離れる。まずは首筋を強めに吸われ、徐々に舌先が触れている場所が下がっていく。

「……胸は、弱くて……私……」

きっと、そこに触れられたら淫らに喘《あえ》いでしまうのだろう。弱点だから声が漏れるのは仕方がないのだと予防線を張る。

「弱いのではなく、好きな場所だろう？　知っている。たくさん啼《な》いていいんだ」

まろやかな白い肌にヴィルフリートが顔を埋め、チロチロと舌を這わす。大きな手のひらが双丘を包み込み、丸く、丁寧に揉みしだかれた。

「はっ、……んん。……はぁ、うぅ」

手のひらでは労《いたわ》るように優しく。口づけは痕がつくほど荒々しく。異なる刺激に翻弄されて、イルゼは身をよじる。硬く立ち上がった突起を口に含まれたら、もうだめだった。

「あぁっ、気持ちいい……の。私、感じて……ん！」

最初に睦み合いの真似事をした日から、そうされるだけでお腹の奥がキュンとなってしまうのだ。ヴィルフリートはいつかそこに彼の熱杭《くい》を沈めれば満たされるのだと教えてくれた。

想像して期待すると、肌は上気し、身体の奥から蜜があふれるのがわかった。

「……熱い、の……あぁ、だめ。せつなくなってしまうの」

「肌が色づいているな？　脱いでしまおうか……」

ヴィルフリートは一度身を起こし、イルゼのドレスを剝《は》ぎ取《と》った。コルセットも肌着も、次々と取り払われていく。今まで、彼に生まれたままの姿をさらしたことはなかった。

胸や秘部はそれまで何度か見られているのに、イルゼは急に我に返る。唯一残されたドロワーズを奪われまいと脚に力を込めて抵抗した。

「……ヴィ、……ヴィルフリート様も……脱いでください」

「わかった」

彼はサッとシャツを脱ぎ捨てて、上半身をあらわにした。均整の取れた、男性らしい肉体だ。肩幅は広く、胸板も厚い。たくましくて、イルゼとはまるで違う。

イルゼが見とれているうちに、覆い被さってきた彼によって、ドロワーズが引きずり下ろされた。そのまま太ももに腕が回され、無理矢理脚を広げる姿勢となった。

「やっ、やめてください……。見ないで！」

きっとヴィルフリートからは、慎ましい花びらも、そこからこぼれる蜜もよく見えているのだろう。イルゼは羞恥心に耐えきれず、本気で逃れようと足掻いた。

寝台の奥に逃げ込もうとシーツを掴んでも、グシャグシャになるだけで、彼との距離は広がらない。それどころか、ヴィルフリートが股ぐらに顔を寄せて内ももに口づけをはじめる。

「なに……？　いやっ、いやぁ……」

口づけは、徐々に脚の付け根へと場所を移す。イルゼはこれ以上近づけさせまいとして、必死に顔を押しやる。

「これは繋がる前に必要な行為だ。じっとしていないと、傷つけてしまうかもしれない……恥ずかしくても我慢しなさい」

吐息がかかり、身体から力が抜ける。その隙を狙って、ヴィルフリートの唇がイルゼの秘めたる場所に押しあてられた。

「あぁっ、だめぇ……そこはっ、舐めちゃだめなの……うぅ、うっ、あ！」

至高の存在であるはずの皇帝が、イルゼの不浄の場所に舌を這わせている。こんなことをさせてはいけないと思うのに、抵抗もままならない。

舌先でねっとりと秘部を舐め上げられると、まだ経験したことがない心地よさが襲ってきて、力が入らないのだ。

「ヴィル……様、だめ……だめなのに……あぁ、あ、あ」

散々いじられて、むき出しになった花芽をザラついた舌が絡め取る。指で触れられたときよりも弱い力しか加えられていないはずなのに、限界が間近に迫っていた。

ジュッ、ジュッ、と音を立てながら、すっかり充血してしまった場所を吸い上げられた瞬間、快楽が弾けた。

「あ、だめぇぇ……あっ。あぁぁぁっ！」

あまりにも速すぎる絶頂だった。イルゼはヴィルフリートの髪を摑んで、身を震わせながら過分な快楽に流されないように必死だった。

「フッ、だめ……ではないようだな、イルゼ？」

「はぁっ、はぁ……だめ。おかしく……なってしまいます……本当に……。こんなの、知らない」

達するのははじめてではなかった。けれど、あれは未経験のイルゼに配慮して、手加減をしてくれていたのだ。

「今までの真似事と同じだとは考えるな。ほら、まだ気を失ってはいけないよ」

イルゼの身体が弛緩すると、その隙を狙って花びらの中心に指が突き立てられた。

蜜でドロドロになっていたその場所は、なんなく太い指を受け入れる。ゆっくりと根元まで指をくわえ込むと、膣が勝手に収斂した。

「力を抜いていてくれ。……今日は指だけじゃ終わらないのだから」

「……は、はい」

答えてはみるものの、そこはイルゼの思いどおりにならなかった。何度か抜き差しされると、違和感がなくなる。その頃を見計らって指の動きが激しくなる。時間をかけて慣らされると乱暴に思える動きでも、痛みはなかった。

けれど内壁を押し広げられるのはどうしても好きになれない。ヴィルフリートがイルゼにひどいことをするはずがないのに、引き裂かれてしまうのではないかと不安だった。

「……あぁ、……やっ、怖い……」

ビクビクと震えながら戸惑っていると、ヴィルフリートが再び舌での愛撫《あいぶ》を施しはじめた。

「両方、しないで……無理ですっ！　だめ、また……達《い》っちゃ……あぁ」

先ほど達しているせいか、花芽に触れられただけで再びの絶頂を迎えそうになる。そちらばかりに気を取られ、太い指が膣に入り込んでいることから気が逸れた。

異物感がなくなり、花芽を強めに押しつぶされるのと同時に、奥に触れられると、快楽が何倍にも跳ね上がる。

「達っていい……何度でも好きに達っていい」

「ん、あぁ……達くの……うぅ、んんっ！」

股ぐらのあたりで優しい声がして、フッと油断した瞬間、イルゼはまた果てた。こんなに乱れていいはずがないと考えても到底抗えない。

「指、増やすから」

まだ達している最中の膣に留まるものの質量が増す。そのままイルゼの中をかき混ぜるように二本の指がむちゃくちゃに動いた。

「ひっ、待って……まって！　壊れちゃ……だめ、あぁ、あっ、うぅ」

そうされると、ふわふわとした感覚と、猛烈な刺激からずっと解放されない。イルゼは荒い呼吸を繰り返し、もういつ達しているのかすらわからない状態に陥っていた。

太ももやシーツに蜜が飛び散る。指を抜き差しされるたびに水音がする。ヴィルフリートからもらえる快楽に思考が奪われて、だんだんと慎みや理性が消えていく。

「ヴィルフリート様っ、あぁ、あぁぁぁ」

今までで一番大きな波が押し寄せる。イルゼはギュッとシーツを摑んで必死だった。

やがてクタリと四肢から力が抜けてしまう。もうなにも考えたくなくて、瞳を閉じる。

「だめだ。……まだはじまってもいないのだから」

イルゼがぼんやりとしているあいだに、ヴィルフリートが衣服をすべて脱ぎ捨てて、その裸体をあらわにした。

たしなめられたイルゼは、涙でにじむ瞳で彼を見た。昼間の空の下がよく似合う金髪の美しい青年だ。けれど下腹部から突き出す剛直だけは、歪《いびつ》で凶器のようで恐ろしい。

服の上から触れた経験はあるイルゼは、それを受け入れる覚悟を持っているつもりだった。けれども、実際にそのときが迫ると、身がすくむ。

「目を逸らすな」

ヴィルフリートはイルゼの手をそっと取って、男根に触れさせた。

握るように促されたイルゼは、おとなしく従う。

窮屈なトラウザーズの中に押し込められていたときよりも、より質量を感じた。そっと撫でてみると温かく、時々脈打つ。

「ヴィルフリート様……」

恐ろしいと思うのに、やめてほしくない。なんと言葉をかければいいかわからず、イルゼは彼の名を呼んだ。

ヴィルフリートは、イルゼの両膝の裏あたりに手をかけて、太ももが腹につくほど折り曲げた。秘部を思いっきりさらけ出すはしたない格好だった。

「いいな……？」

それが最後通告なのだろう。イルゼはゆっくりと頷いてから目をつむる。あてがわれている熱杭を受け入れるところなど、直視できそうになかった。

ヴィルフリートが腰を進め、二人の距離が近づく。同時に秘部が押し広げられて、猛烈な圧迫感がイルゼに襲いかかる。

「……うっ、あ……！　い……痛い……」

細い蜜道に猛々《たけだけ》しい男根が無理矢理入り込むと、ピリッとした痛みを感じた。痛みそのものは耐えられないほどではない。それでも、壊されてしまいそうな恐怖と圧迫感に身がすくむ。

「……っ、狭い。大丈夫だ……。ほら、君はきちんと私を受け入れてくれている」

肌がぶつかる感覚で、ヴィルフリートと繋がれたのだとイルゼにもわかった。彼はブルネットの髪を撫でて、安心させるための口づけをしてくれる。

「私……ヴィルフリート様の妻に……？」

「すまない、まだなんだ。慣れてきたら腰を動かして、吐精しないと夫婦とは言えない。なるべくゆっくりするから、許せ」

彼は謝罪の言葉を口にしたあと、わずかに腰を引いて、再び膨らんだ竿《さお》の先端をイルゼの奥へ押しあてた。内壁が擦られ、戻ってきた男根に奥を穿《うが》たれる。どれだけゆっくりされても、一瞬息の仕方を忘れてしまいそうになる。

「あぁ……、お腹が……苦し、あ……うぅ」

イルゼはこれまで何度か、彼に触れられると、お腹の奥がキュンとなる感覚を経験していた。いつかヴィルフリートを受け入れる場所が、彼を欲して疼《うず》いているのだ。

「どうしてほしい？　口づけがいいか？　それとも、ここだろうか？」

ヴィルフリートはゆるゆると腰を使いながら、花芽に手を伸ばした。

「あぁっ」

イルゼの身体はとても素直だった。痛みと圧迫感から解放されたわけではないのに、きちんと快楽も感じ取れてしまう。

ヴィルフリートが口の端をつり上げた。

「やはり、な？　……ほら、この粒に触れると……あぁ、あまり締めつけないでくれ……」

彼の言うとおり、敏感な花芽に触れられると、勝手に内壁がうねって、より受け入れているものの大きさと形を強く認識した。

苦しいのに、根気強く丁寧に抜き差しされると、苦痛以外の感覚が多くを占めるように変わっていく。なにもしていないのに、ドッと汗が噴き出して、息が荒い。ヴィルフリートも短く息を吐きながら、イルゼの名を呼んでくれた。

「……はぁっ、ああ、あ……あっ」

時々、ヴィルフリートは交わる角度を変えて、イルゼの感じる場所を探る。大きく反応すると見抜かれて、そこばかりを突いてくる。

「悦くなってきたみたいだ」

「……あぁ、……お腹が……ヴィルフリート様でいっぱい……で、なんだか……あぁ！」

急に動きが速くなる。彼は男根の先端を、見つけたばかりの弱い場所に押しあてながら、激しくイルゼを揺さぶった。

花芽と同時にそこを穿たれると、なにかが込み上がってくるような気がした。

「イルゼ！　……あぁ、イルゼ……」

こんなに余裕を失っているヴィルフリートははじめてだった。いつも理性的で、忍耐強い人のはずなのに、このときだけは違う。獣のように欲望をむき出しにして、組み敷いた女をめちゃくちゃにしたいのだと、はっきりとわかった。

そしてイルゼもこの人にならなにをされてもかまわなかった。

「ヴィルフリート様！　もっと、もっと……して……？　あぁ、私……悦いの……」

穿たれる感覚にはまだ慣れず、これ以上激しくされることへの不安はある。けれど心地よいのも本当だった。

ヴィルフリートはすぐに応えてくれる。

花芽をいじる手をどけて、寝台に横たわるイルゼと肌を密着させた。耳たぶと首筋に息を吹きかけながら、手加減なしの抽送をはじめた。

「あ……あっ、ヴィル……ト様」

「イルゼッ、私のものだ……私の……」

そんなふうに求められるのが嬉しくてイルゼは彼の背中に手を回し、抱きしめた。心が満たされると、それに呼応して急激に身体が昂っていく。

結合部から濡れた肌がぶつかり合う音が響く。二人とも荒い呼吸を抑えようともしなかった。ポタポタと彼の額から汗がしたたり、イルゼの肌に落ちる。眉間にしわを寄せ、くぐもった声を漏らすヴィルフリートが愛《いと》おしくてたまらない。

「もう……もう、だめ……私、達して……あっ！」

「達け。……あぁ、いいから……もう……」

「あぁ、んっ、あぁぁぁぁ！」

彼の言葉に安心し、気がゆるんだ瞬間、イルゼは何度目かの絶頂を迎えた。

花芽で達したときとも、指をくわえ込んでいたときとも違う。快楽が弾けたあとも、太い男根が、イルゼの内部に留まり激しく暴れている。

もう頭の先までヴィルフリートに埋め尽くされて、なにも考えられなかった。ただ、目の奥がチカチカと光り、荒い呼吸を繰り返すだけの人形になった。

かすかに残った意識で、ヴィルフリートの背中に回した腕の力を込め続けることだけが、イルゼが唯一できることだった。

「……私も、限界だ……くっ！」

結合が解けるすれすれまで腰を引いて、一気に再奥を穿つ。

そんな動きが数回繰り返されたあとに、ピタリとやんだ。わずかに遅れてイルゼの中に精が放たれる。

男根がドクン、ドクン、と震えて、そのたびに温かい飛沫《しぶき》がイルゼの膣を満たしていく。

「……はぁ、はぁ……私……これで……」

「ああ、君はもう私から逃れられない。なにがあっても私の伴侶だ」

ヴィルフリートが繋がりをそのままにして、軽い口づけをはじめた。先ほどまでの激しさが嘘のように心は穏やかで満ち足りていた。

それから数日後、最悪の事態が発生する。

ヴィルフリートの兄ゲオルクが御前会議の場で、ヴィルフリートには帝位にあり続ける正当性がないという主張をしたのだ。

そうなる可能性については、ヴィルフリートやイルゼもある程度予測していた。

彼らを驚かせたのは、ゲオルクが示した証拠の中にスザンナの証言があったということだった。

第四章　裏切り

イルゼとマリアンネは、宮廷内の一室でヴィルフリートの話を聞いていた。

ゲオルクの告発によれば、先の妃カサンドラはとある近衛兵と密会を重ねていたという。

その男はカサンドラやヴィルフリートたちと同じ金髪に青い瞳の美丈夫だったらしい。

当時の彼は恋多き青年で、度々宮廷内で事件を引き起こしたため十年以上前に宮廷から去っている。その後は職を転々とし、最近になって過去の罪を打ち明けるためにゲオルクを頼ったと主張している。

カサンドラの恋人を自称する男によると、カサンドラは皇帝とは不仲で、数えるほどしか閨を共にしていないとのことだった。だからカサンドラは、密会を重ねるたびに近衛兵に対して、生まれた皇子はあなたの子に違いないと言っていたという。両親のどちらに似ても、金髪碧眼《へきがん》になるのだから大丈夫――そんな話だった。

ただし、元近衛兵がそう主張しているだけで、物証はなにもない。

妄言だと切り捨てればいいのだが、スザンナが二人の密会を手引きしたと告白したために、一気に信憑性が増してしまった。

「スザンナが宮廷に上がったのは私が生まれる直前だから、身ごもった時期の証言はできない。だが、彼女の証言があればそれ以前も極めて疑わしいという印象を与えるだろう」

ヴィルフリートは心痛な面持ちだ。スザンナの裏切りは、ヴィルフリートにとっても予想外だったのだ。

今回の疑惑に関してわかっている内容を聞き終えたイルゼは、自分の身に起きた事件とまったく同じ構造だと改めて感じ、あまりの理不尽さに震えが収まらなかった。

マリアンネも母親の不義など信じていないだろうが、親しい乳母の裏切りが相当ショックだったようで、真っ青な顔で目に涙を浮かべている。

「嘘よ……。スザンナがわたくしたちにずっと真実を告げずに、ゲオルクお兄様だけに告白するなんてありえない」

妹の言葉にヴィルフリートが頷く。

「告発するのなら、母上が亡くなられたときか、……少なくとも私の即位の前でないと不自然だ」

イルゼの知っているスザンナは正義感の強い優しい女性だ。

ヴィルフリートの帝位に正当性がないというのが仮に事実だとして、それを隠したままあんなに堂々としていられるとは思えなかった。

もし良心の呵責《かしやく》に耐えられず告白するにしても、遅すぎる。

帝位に就く前だったら皇族としての身分を奪われ追放されるだけで済んだかもしれない。けれど、ヴィルフリートが帝位にある場合はそれだけでは終わらない。

ヴィルフリートが知り得ない事実だったとしても、皇帝の権威を汚したという大罪に問われるはずだ。

スザンナの裏切りの理由はなんだろうか。

最も有力なのが、彼女がゲオルク一派に買収されたという可能性だ。けれど、彼女に限って金のために誰かを貶める真似をするなどと想像できない。

そのとき、イルゼたちが集まるサロンの扉がノックされた。

「陛下、アンブロスでございます」

アンブロスは、疑惑に関する文官レベルでの話し合いの場に出ていた。

ヴィルフリートは今回の件をあくまで「くだらない妄言」というふうに位置づけて、まともに取り合わないという態度を貫いている。だから本人ではなく、側近のみをその場に出席させたのだ。

「入れ。ご苦労だった、報告を頼む」

まずはアンブロスにも着席を促してから、さっそく新しい情報を整理していく。

「あまりよいお知らせはありませんが……。二週間後に査問会が開かれることとなりました」

「事実上の裁判だな……？　私を裁くための」

「ええ。私たちはそれまでにゲオルク殿下の主張を覆《くつがえ》す証拠を手に入れる必要があります」

二週間でそれが可能なのだろうか。イルゼは不安になるが、ヴィルフリートやアンブロスは、この事態をある程度想定していたようだ。取り乱す素振りは見せなかった。

「それからスザンナ殿ですが、現在、中立な家に預けられているとのことです」

その中立な家は、ヴィルフリートやアンブロスの与《あずか》り知らぬ場所で決定している。この場に集まる者は皆、中立の定義とはいったいなんなのだろうかと首を傾げる。

「――ほう？　それはさぞかし品行方正で悪い噂の一つもない家なのだろうな」

「ええ、それはもう……。グートシュタイン侯爵家だそうです」

アンブロスが苦笑いを浮かべる。よりにもよって、根も葉もない噂話を広めてイルゼを悪女に仕立て上げようとした疑惑の家だ。イルゼは、これはなんの冗談だろうかと怒りを通り越して笑ってしまいそうになった。

「敵が誰か、明確になっただけでもよかったのではないか？」

ヴィルフリートは冷静だった。これで、ラウレンツが噂を知っていた理由は、ゲオルクに近い立場だったからだとはっきりしたからだ。

「こちらもなにも準備をしてこなかったわけではありませんが、スザンナ殿の件は想定外です」

重要な証人となってしまっているスザンナが、完全にゲオルクの手中にあるのは、ヴィルフリートにとってかなり不利となるだろう。詳しい話を聞きたくても、おそらくグートシュタイン侯爵家が許可しないと予想できるからだ。

せめてスザンナに会って直接目を見て話せば、彼女の真意がわかりそうなものなのに。

イルゼはどうにかならないかと考えを巡らす。そして、もしかしたら自分にならば可能なのではないかという結論に至る。

「ヴィルフリート様、私が……」

途中まで言いかけて、イルゼは口を噤《つぐ》む。イルゼがこの件でなにかしたいと申し出ても、ヴィルフリートが許可を出すとは思えなかった。

「どうしたのだ？」

秘密を共有し、破滅するときは一緒に――婚約した頃の彼はそう主張していた。

彼は為政者として、本人がいかに努力しても常に誰かに恨まれ、ときには命を狙われる状況から逃れられないのをよくわかっている。

そして、愛する者を危険な目に遭わせたくないと誰よりも強く願っている人だ。

だから妃には強い女性を望んでいたのだ。愛する人を苦しめたくないから、愛する人を妃に選ばない――むしろ誰も愛さないつもりでいたのだ。

けれど彼はイルゼを愛してしまったとはっきり認めている。

イルゼがもし、彼のために危険を冒そうとして、許可をするはずがない。むしろ、妨害して場合によっては軟禁しそうだった。

「……私にできることがあれば、なんでもお申しつけください」

具体的にできることの一つが浮かんでいるのに、イルゼはそれを隠した。

「あぁ、ありがとう。あまり心配しないでいい……大丈夫だから」

彼はイルゼの頭を軽く撫でた。出会った日から彼はよくイルゼを猫にたとえる。不服なはずなのに、イルゼは彼の大きな手のひらで触れられるのが好きだった。

その手に励まされ、イルゼはある決意をした。

このままゲオルクが勝利すれば、ヴィルフリートが破滅するだろう。

逆にヴィルフリートがゲオルクの陰謀を暴けば、スザンナはどうなるのだろうか。

彼女が裏切り者ならば、罰せられるのは当然だ。けれど、同僚として親しくしていたイルゼは到底信じられない。

今、スザンナの真意を確認しなければ絶対に後悔する。

だからイルゼはヴィルフリートが望んでいないとわかった上で、自身の考えに従い、動く決意をした。

◇◇◇

翌日、イルゼは兄のフェリクスを呼び出した。イルゼの行動は、きっと兄と伯爵家を巻き込んで危険にさらす。だから事前に相談をして、兄の意見を聞くつもりだった。

フェリクスは妹思いで正義感の強い青年だ。イルゼのやりたいことを包み隠さず話すと許可をくれた。

兄との相談を終えたイルゼは、マリアンネの部屋を訪問する。

「マリアンネ様。……お忙しいところ大変申し訳ありませんが、お願いしたいことがございます」

「どうしたの？　改まって」

　彼女は母親同然だったスザンナの裏切りからまだ立ち直っていない。憔悴《しょうすい》していて、泣きはらした痕があった。それでも無理に笑って、イルゼを出迎えてくれた。

「私は一度、フォラント伯爵家へ戻りたいと考えております」

「……それは、どういう意味なの？　今はお兄様のそばにいてあげて……お兄様は平気な顔をしているけれど、本当は……」

　マリアンネが声を震わせる。

「今回の件が解決するまで、宮廷を離れたいのです。私にも守らねばならないものがありますから」

　暗に、もしヴィルフリートが皇帝の地位を失うのなら、巻き添えになるのは避けたいと匂わせる。この言葉は、憔悴しているマリアンネをさらに追い込むだろう。本当はきちんと事情を説明したいが、それではだめだった。

　イルゼは、宮廷から逃げ出すイルゼと傷つくマリアンネの様子を、多くの者に見せつけなければならないからだ。

「お兄様とお話はされないの？」

「……はい。私室に手紙を置いておきます」

ヴィルフリートが嘘を見抜く可能性を考えて、イルゼは彼とは顔を合わせずに出ていくつもりだった。

「わかったわ。……あなたの好きになさい！」

マリアンネが声を荒らげるところをイルゼははじめて目にした。ソファの端で眠っていた白猫が驚いて、サッと飛び降りる。

白猫は、静かにお辞儀をして立ち去ろうとするイルゼの近くで「にゃあ」と鳴いた。

どうかマリアンネ様をなぐさめてあげて――心の中で届かない願いをつぶやいて、イルゼはマリアンネの部屋をあとにした。

私室に戻ったイルゼは、荷物をまとめて世話になった側仕えにも別れを告げた。

「出ていかれるのね？　イルゼ様……。なんだか意外でしたけれど、仕方のないことでしょう」

「ええ、ごめんなさい」

元同僚の視線も冷たい。

イルゼの荷物は少なかった。ドレスのほとんどがヴィルフリートからの贈り物だったので、そのまま置いていったからだ。

ただし、ルビーのイヤリングだけはまだ耳元で光っている。

ヴィルフリートはどう感じるだろうか。イルゼの心がどこにあるのか察してくれるだろうか。わからないまま、イルゼは兄に伴われて伯爵邸へ戻った。

◇　◇　◇

宮廷から去ったイルゼは、ラウレンツに手紙を書いた。

頼ってほしそうだったラウレンツは、予想どおりすぐにグートシュタイン侯爵家への訪問を許可してくれた。

指定されたのは二日後。イルゼはさっそくフェリクスと一緒に侯爵邸へ向かった。

「イルゼ、そのイヤリング……陛下から贈られたものではないのか？　……大丈夫なんだろうか？」

馬車での移動中、フェリクスが訝しげな顔をした。

イルゼの耳元にはヴィルフリートから贈られたルビーの宝石が輝く。伯爵家が買った品物ではないのなら皇帝が与えた以外に考えられないのだ。

「大丈夫ですよ、お兄様。ヴィルフリート様は、婚約者に高価な宝石を与えたことを得意げに語る方ではなかったので」

これがヴィルフリートからの贈り物だと知っている者は少ない。

それに、もし知られても問題ないはずだ。妃の座を辞退したのに、高価な贈り物だけちゃっかり自分のものにする強欲な令嬢を装えばいいだけだ。

イルゼの心がどこにあるのかは、贈り主が誰かを知っていて、なおかつイルゼと親しい者にしか見抜けない。

「しかし……」

「スザンナ様は、これがヴィルフリート様が選んだルビーだとご存じのはずです。イヤリングをつけた私が会いに行けば、なぜ私が来たのか察してくれます」

問題は、スザンナが本気で裏切っていたときだ。最悪の場合、イルゼが誰のために行動しているのかがラウレンツにばれて、窮地に陥る可能性があった。

それについては、スザンナにはなにか事情があるはずだと感じている自分の直感を信じるしかない。

二人を乗せた馬車は、侯爵邸へとたどり着く。貴族の屋敷が多くある地区の中で、ひときわ豪華な建物だ。

イルゼとフェリクスは家令の出迎えで応接室に通された。

しばらく待っていると、紅茶やお菓子が運ばれてきて、ラウレンツが姿を見せた。

「やぁ。フェリクス殿、イルゼ殿。大変なことになってしまったようだが、気を落とさないでくれ」

ゆったりとソファに腰を下ろしたラウレンツは、やはりあの事件の頃とは別人のように友好的だった。

「お気遣いありがとうございます」

「陛下との婚約を解消されたと聞いたが事実かな？　イルゼ殿」

「いいえ、正式にはしておりません。私が陛下をお慕いしている気持ちは……今でも変わりません。ですが、……伯爵家を守るためには仕方がないのです……」

あっさりヴィルフリートを捨てるのは不自然すぎた。だからイルゼは想う人と家族のどちらを優先すべきかで悩み、苦渋の決断をした令嬢を演じる。

「イルゼ、君のせいじゃないのだから思い悩むな」

フェリクスも演技派だった。

ただし、ラウレンツは言葉どおりの意味では受け取っていないかもしれない。

かつてフォラント伯爵家を貶めようとして痛い目に遭った彼は、きっとイルゼのしおらしさは演技だと見抜くだろう。傷ついたふりをして、伯爵家や自分の利益のために保身に走った強欲な女だと思われているかもしれないが、それでもかまわなかった。

ヴィルフリートのためだけに行動していると思われなければそれで勝ちだ。

「それで……本日はお願いがあって参りました。私、こちらで保護されているスザンナ様から直接真相をうかがいたいのです。彼女と私は親しかったので」

表向き、フォラント伯爵家は皇帝を裏切り、距離を置いた。

イルゼの作戦は、皇帝糾弾派の勝利を確信したくてラウレンツを頼っている体を装い、スザンナとの対話の機会をもらうというものだった。

「ああ、それはかまわない。私は中立な立場で証人を保護しているだけだから、彼女を傷つけたり、偽証を強要する可能性のある者を除いて、面会は許可するつもりだ」

「ありがとうございます」

「だが、やはり長く仕えていた主人を告発するのは、正義であってもつらく悲しいものなのだろう。かなり気落ちしているようなんだ。こちらは大切な証人をできる限り丁重に扱っているんだが……」

「それは、おいたわしい。できれば励ましてさしあげたいですわ」

ラウレンツはあっさりとスザンナのところへ案内してくれた。

彼女には広い客間が与えられていて、護衛か監視役か――常に私兵が見張っている状況だが、丁重に扱われているようだった。

いる。

「スザンナ様！」

さすがに二人きりにはしてもらえない。ラウレンツと私兵が部屋の隅で面会を見守って

同じソファに座ると、彼女がたった数日でやつれてしまったのがわかる。目の下にはク

マがあり、顔色が悪かった。

すべては、かつての主人を告発した罪の意識によるもの——ラウレンツの言葉は真実だ

ろうか。

イルゼは彼女の一挙手一投足を見逃さないように注意しながら、告発に至った経緯をた

ずねた。スザンナから聞けたのは、カサンドラの密会を手助けしていたというすでに把握

している内容ばかりだった。

「あぁ……イルゼ様。ごめんなさい……ごめんなさいね……」

おどおどとしていて、まともに目が合わない。かつての主人を裏切った自責の念に駆ら

れているというだけでは説明できないなにかをイルゼは感じた。

「きっと査問会が終わり、真実が明らかになれば、スザンナ様も穏やかに暮らせるはずで

す。真実を口にして罪に問われるようなことがあってはいけませんから」

そう言って励ますと、スザンナはぎこちなく笑った。

「ええ……。落ち着いたら、またイルゼ様と一緒にベンタット産の紅茶をいただきたいですわ」

ベンタット産——それは、マリアンネが好まない紅茶の銘柄であり、彼女に仕える侍女たちが隠語として使っている言葉だ。

スザンナは自分が置かれている状況が緊急事態であるとイルゼに伝えるとともに、まだマリアンネやヴィルフリートの味方だと主張したいのだ。

ラウレンツの監視がある中で、それがスザンナのできる唯一の抵抗なのだとわかる。

（脅されているの……？）

金で釣られて裏切ったのではない場合、可能性があるのはなにか弱みを握られているということではないのか。イルゼは焦った。査問会まであと十日ほどしか残されていない。

握られた弱みがなにかわからなければ、彼女を救えない。

「すべてが終わったら、イルゼ様の大好きな林檎のケーキも焼きましょうね？」

林檎のケーキはイルゼの好物ではなかった。

「それは楽しみです。約束ですよ、スザンナ様」

おかしいとわかっていたが、イルゼは気づかないふりをして話を合わせる。林檎のケーキがなにを表しているのか、思考を巡らす。

（……スザンナ様の焼く林檎のケーキが大好きなのは……お孫さん……？）

これはきっと、孫――スザンナの家族になにかがあるというメッセージなのだろう。

スザンナからヒントをもらったイルゼは、ほほえんでから髪を手で整えるふりをして、耳元で光るルビーのイヤリングにわざと触れた。

イルゼがヴィルフリートのために動いているのを示すためだ。

「スザンナ様は悪くないのですから、食事や睡眠はきちんとされてください」

そう言って、イルゼはスザンナの手をギュッと握った。

スザンナはきっと精一杯の抵抗をしている。罪の意識に苛まれ、食事が喉を通らないようなことはあってはならない。

彼女の無事は、ヴィルフリートやマリアンネの願いでもあるからだ。

長時間の面会はスザンナの負担になるというラウレンツの意見により、イルゼはその後すぐにスザンナの部屋を出る。

廊下で待っていたフェリクスとも合流した。

「ラウレンツ様、本日はありがとうございました」

「いいや……。君には恩を返さなければならないからな」

「あなた様のおかげで、伯爵家は沈みゆく船に乗らずに済みそうです。……どれだけ感謝しても感謝しきれません」

イルゼはスザンナから直接話を聞いたことで、皇帝の疑惑が真実だと確信した――と匂わせた。もちろん、本心は違うのだが。

「だがイルゼ殿は二度の破談を経験し、おそらく今後も良縁には恵まれないだろう」

「ラウレンツ殿、そんなことはない！　妹は気立てがよくて……」

フェリクスが必死にイルゼを庇《かば》うが、言葉に詰まる――という演技をする。

「いいや、妹君を貶める気はないのだ。ただ、一回目の原因である私にも責任があると痛感している。……だから、二人に提案がある」

「提案ですか？」

続いてラウレンツからの提案を聞いた二人は絶句した。

それはラウレンツの遠縁にあたる国外の貴族にイルゼを嫁がせたらどうか、というものだった。確かにゲオルクやラウレンツの計画が成功したと仮定して、ヴィルフリートの婚約者だったイルゼを望む男性など、トドルバッハ帝国内にはもう現れないだろう。

だから、グートシュタイン侯爵家が後ろ盾となって、結婚相手を探してくれるのだという。

ものすごく余計なお世話だった。けれど今、ラウレンツと揉めるのは避けるべきだ。

「ラウレンツ様、私はまだかろうじて皇帝陛下の婚約者です。……婚約が正式に解消されたあかつきには、改めてお力添えをいただきたいと思います」

イルゼは無難な返答をして、この場を乗り切ることにした。ヴィルフリートが負けると考えていないからこその先延ばしだった。

「そうだな。……それがいいだろう」

ラウレンツは、前向きなイルゼの態度に満足そうだ。

今のやり取りで、彼の目的がなんなのかだいたいわかった。侯爵邸にこれ以上用はないと判断したイルゼは兄と一緒に馬車に乗り込む。

「すまない、イルゼ。結局どういうことなんだ？　スザンナ殿についてなにかわかったのか？　それから、なぜラウレンツ殿は態度を変えたのか、さっぱりわからない」

二人きりになったところで、フェリクスがイルゼに問いかけた。

スザンナの部屋に入室しなかった彼に、イルゼはかいつまんで事情を聞かせる。

ラウレンツに気づかれない範囲で、スザンナが侍女の隠語を使い、イルゼに窮地を知らせたことについてだ。

「スザンナ様のご家族になにかあるようです。脅されて偽証をしている可能性が高いので、調査が必要です」

「じゃあ、……ラウレンツ殿はなにを考えているんだ？　気味が悪いんだが……」

「現在の婚約者であるジョゼット様が、帝国の社交界に出る前に、私に消えてほしいのだと思います。それも穏便に……」

新しい婚約者にイルゼとの関係が知られることをラウレンツは恐れている。

最初はイルゼを悪女に仕立て上げることで、目的を果たそうとした。

それが失敗に終わり、今度は穏便にイルゼをトドルバッハ帝国の社交界から遠ざける方法を考えたのだ。

「いや、ちょっと待ってくれ。意味がわからない。彼らの陰謀が成功すれば皇帝陛下とイルゼは一緒に滅びるはずだった。なんで助ける必要があるんだ？」

「ゲオルク殿下が動く時期を知っていたのでしょう。今の時点でヴィルフリート様が罪に問われた場合、伯爵家や私の立場は悪くなりますが貴族としての地位を失うには至らないはずです」

「なるほど、たとえ没落したとしても、社交界で鉢合わせになる可能性があるのか……」

イルゼは頷いた。ラウレンツはおそらく、イルゼとの婚約破棄騒動がジョゼットや彼女の兄の耳に入っても、言い訳をして乗り切るつもりだ。

けれど、イルゼとジョゼットが直接話をする機会があるとそうもいかない。

ジョゼットは帝国標準語が苦手である。だからこそ、外国語に明るいイルゼと親交を深めたい様子だった。同世代の女性のみが集まる社交の場で、もしイルゼと顔を合わせてしまったらラウレンツは介入できない。

とにかくそれだけは阻止したいというのがラウレンツの本音なのだろう。

「私が国外に行けば、丸く収まると考えているのでしょうね」

新旧婚約者が顔を合わせる機会が続けば、噂好きの貴族たちの格好の餌食となる。ところが、一方の姿が見えなければ、略奪愛だろうが不貞だろうが、ありふれた話になり、そのうち皆が忘れてしまう。

「そういうわけだったのか……。まずは、スザンナ殿のご家族の安否確認だな。そちらは私が引き受けよう」

こんなとき、軍人のフェリクスは頼りになる。まっすぐな性格の彼には友人が多い。そして各地方に最低一人は士官学校時代の同期や後輩がいる。地方都市の治安を守る軍人を頼れば、人捜しは可能だった。

「よろしくお願いします、お兄様」

前回の婚約破棄騒動から家族を巻き込んでばかりで申し訳ないと思うイルゼだが、謝罪の代わりに感謝の言葉を口にした。

◇　◇　◇

査問会まで残り一週間。容易に判明するはずだったスザンナの息子一家の所在はまだ摑めなかった。

「……簡単に言えば、行方不明だ。それがスザンナ殿が陛下を裏切った理由だろう」

フェリクスがそう結論づけた。

以前に聞いていたとおり、スザンナの息子は一ヶ月以上前に長期休暇に入っていた。都に住む母親に孫の顔を見せに行くのだと近所の者に言い残して、家族で旅立ったという。

スザンナの息子が住む地方都市から都は、乗合馬車でたった二日だ。ところが一家の足取りは途中で途絶え、都にたどり着いた形跡がない。

「どこかに囚われているのでしょうか？」

「私はそうだと思う。……まだ小さな子もいるんだろう？　なんて卑怯な！」

フェリクスは自分のことのように憤る。それはイルゼも同じだった。

どこかに囚われているはずの息子一家を助け出さないことには、スザンナはゲオルクの言いなりだ。

「ゲオルク殿下やグートシュタイン侯爵家――皇帝糾弾派の協力者は、ほかにもいるかもしれません……屋敷、別邸……いったいどれだけ建物があるかわかりません」

イルゼの中で焦燥感が募っていく。

「落ち着け、らしくないぞ。……おそらく、都近郊に絞っていいはずだ。それから貴族の本邸も除外していい」

軍人としてのフェリクスの予想では、ゲオルクやラウレンツの命令がすぐに届く場所に捕らえておかなければ、いざというときの人質にはならないとのことだった。

「ですが、なぜ本邸は除外するのですか？」

「……たとえばだが……ラウレンツ殿は、罪もない一家を監禁している事実を婚約者に教えるだろうか？　悪人も、家庭内ではよき夫、よき父親、よき婚約者であるものだ」

ラウレンツのことならば、実体験として嫌になるほど知っているイルゼだ。

彼はジョゼットの前で完璧な男でいたい様子だった。

妻や子供、婚約者を悪事に巻き込む者が少ないというのは、納得できる。

今回の場合、まだ幼い子供が二人も捕らえられているのだとしたら、どうしても人の生活している気配を消せない。泣き声もするはずだ。だから、家族のいる本邸は除外できるというのがフェリクスの推測だった。

「さすがです。お兄様！」

「そ、そうか？　それからもう一つ。外からの侵入を警戒するのと中からの脱走を警戒するのとでは警備のやり方が違う……。あやしいかどうかは、実際に観察すれば高確率でわかるものだ」

こういったときの伯爵家の行動力と団結力はすさまじいものがある。

両親とイルゼは、ゲオルクに近い貴族の洗い出しを行い、その者たちが所有する建物を調査し、地図に印をつけていく。

フェリクスや彼の部下は敵に悟られないように注意しながら、ゲオルク一派が所有する建物を観察した。

スザンナの息子一家を見つけなければ、彼女は公の場で虚偽の答弁をするのだろう。

あらかじめゲオルクのくわだてを察知していたヴィルフリートが簡単に負けるとは思えない。

けれど、ゲオルクが滅びたら、協力者となってしまったスザンナも偽証罪に問われる。

ヴィルフリートが第二の母と慕うスザンナを罰する可能性が出てきてしまう。

どうしても見つけなければならないというのに、捜索開始から三日経過しても、一家の行方は摑めないままだった。

◇　◇　◇

その日の夜。イルゼは両親が調べた情報をまとめていた。明日の朝、またフェリクスが捜索に行くための下準備だ。

机の上に大きな地図を置いて、そこに情報を書き記す。

「終わった……」

これで明日も捜索に行ってもらえる。達成感は封じ込めていた疲労を一気に呼び覚ます。

（ほんの少し瞳を閉じるだけ。あと二十数えたら目を開けて……寝台へ……）

きちんと寝台で眠ったほうがいいのに、どうしても立ち上がることができない。目を閉じたら、もう朝まで開かないだろうとわかっているのに、気だるさに負けてしまった。

「イルゼ……」

誰かが呼びかける。

「イルゼ……こんなところで眠るな。腰を痛めるし、風邪を引くかもしれない。熟睡したほうが仕事の効率も上がるはずだ」

どれくらい時間が経ったのだろうか。つい先ほど握っていたペンを置いた気もするし、長い夢を見ていた気もする。

イルゼはまどろみの中で、大好きな人の声を聞いた。

理論的で、出会った頃はその声色からは感情が読み取れなかった。それがいつの間にか、優しさを感じられるようになった。

「はい……ヴィルフリート様……」

「まったく、仕方のない」

身体がふわりと浮いた。ヴィルフリートが抱き上げて、イルゼを寝台まで運んでくれる。

「夢みたい……」

「……そうだ、これは夢だよ、イルゼ。だから君の願いはすべて叶うはずだ」

やはり夢だったのか、とイルゼは少しだけさみしくなった。

夢の中のヴィルフリートが、イルゼの髪に触れた。そうされるとくすぐったいのに幸せだった。

「もっと……ヴィルフリート、さま……」

夢ならば、どんなことを願っても恥ずかしくなかった。きっと愛しい人はイルゼの思うままに動いてくれる。

寝台の上に下ろされたイルゼは、そのまま彼を引き寄せた。もっと髪を撫でて、体中に口づけをしてほしいのだ。

ヴィルフリートはすぐに応じてくれる。髪や額、それからイヤリングがついたままの耳たぶに唇を落としてイルゼを労る。

けれど、それだけでは不満だった。身体の奥深く、ヴィルフリートにしか触れてもらったことのない場所まで——そんな欲望を止められない。なぜなら、これは夢だから。

「こら、仕方のない黒猫だ。離しなさい」

夢だというのに、ヴィルフリートはイルゼの思いどおりに動いてくれない。願いは叶うと言ったのに、ひどい矛盾だった。だから彼の顔を引き寄せて、勝手に唇を重ねた。

「……ん、んん」

なんのためらいもなく舌を突き出して、厚みのある舌に自らのものを絡める。やがて彼のほうが積極的になっていく。ヴィルフリートにされると、イルゼの身体はすぐにとろけて、途端に力が入らなくなる。

（気持ちいい……気持ちいい、の……）

このままずっと夢を見ていたかった。本物のヴィルフリートが、イルゼが宮廷を去った意図を察してくれたかわからない。不安で不安で仕方がないのだ。

だから、もっと彼を感じたくて、つい彼に胸の膨らみを押しつけるような行動までしてしまう。

ヴィルフリートも先ほどからイルゼに昂りを擦りつけてくる。興奮しているのは、イルゼだけではない。その事実が彼女から慎ましさを奪った。

これは夢なのだから、どれだけはしたない女に成り下がっても、誰にも知られるはずがない。

長い口づけが終わり、こぼれた唾液が糸を引いた。

「君の兄君やご両親がいる屋敷でここまでする気はなかったのだが。誘ったのはイルゼのほうだ。……君のせいだ……」

悠然とほほえむヴィルフリートの姿が、カーテンの隙間から入り込む月明かりに照らされている。太陽の下がふさわしい人だと感じていたイルゼだが、夜の彼は不思議な色香をまとっていて目が離せない。

いったん身を起こしたヴィルフリートがクラバットをほどき、床に落とした。

「悪い黒猫には仕置きが必要だ……」

仕置き、という既視感のある言葉でイルゼの頭にかかっていたもやが晴れていく。これが夢ではないのだと気づいたのに、それでもいるはずのない人の姿は霧散しない。

「ヴィルフリート様……？」

なぜ、夢から覚めてもヴィルフリートが見えるのか。イルゼはジリジリと寝台の上のほうへ移動して彼から逃れた。

「……どうかしたのか？」

ギシリ、と寝台が音を立てる。ヴィルフリートが距離を詰めて、イルゼを捕らえた。

摑まれている腕から彼の体温が伝わってくる。なにもかも、イルゼのよく知っているヴィルフリートで、これが現実なのだと思い知らされる。

「どうして、こちらにいらっしゃるのですか？」

「フェリクス殿に今後の相談を……というのは建前で、君に会いにきた。理由はだいたいわかっていたが、別れの言葉もなしに私のもとからいなくなるとはな……」

ヴィルフリートがイルゼのイヤリングを指先で弄ぶ。イヤリングを返さなかった理由を彼はきちんとわかってくれたのだ。

「わかっていらっしゃるのなら、なぜこちらに？　危険です！」

イルゼはラウレンツの提案を受け入れたふりをして、スザンナを助けるために動いている。ヴィルフリートとの関係が続いていると敵に知られたら今までの努力が水の泡だ。

フェリクスやイルゼに指示を出したかったとしても、本人がわざわざやってくる必要などない。

「大丈夫だ。変装して、誰にも見られていない」

「あのっ！」

「静かに。君の家族に聞かれたいのか？」

「私、寝ぼけていたんです。今はもう正気です」

イルゼは夢と現実の区別がつかなくなるほど本当に疲れていたのだ。ヴィルフリートのために働いた結果なのだから、許されるべきだった。

「君が正気を取り戻しても、私がすでに正気ではない。……誘ったのは誰だ？」

もう一度、寝ぼけていたという言い訳を口にする前に、唇が塞がれる。同時にイルゼのドレスが剝ぎ取られた。

いつも強引なヴィルフリートだが、今夜はとくに荒々しい。あらわになった胸にしゃぶりつき、強くこね回す。

まどろみの中では積極的だったイルゼの中には、期待があったのだろう。優しく労ってくれる彼が好きなはずなのに、今夜は乱暴にされても身体がすぐに反応してしまう。

彼の余裕のなさが、会いたいという感情に比例しているような気がした。

「……んっ！」

甘い声が出そうになり、イルゼは口元を手で覆った。

今、何時なんだろうか。フェリクスや両親はどこでなにをしているのだろうか。向かいの部屋はフェリクスの私室だ。

イルゼやヴィルフリートの声はどれくらい響くのだろうか。

「あぁっ」

胸の突起を強めに吸われて、思わず口元を覆う手がはずれた。ヴィルフリートが咎めるような視線を向けてくる。

「私以外の者のことなど考えるな」

イルゼの気が私室の外ばかりに向いていることを察したヴィルフリートが罰を与えたのだ。チクチクとした強い刺激だったのに、余韻は甘い。その余韻は胸の先からお腹の方向へ向かって広がり、下腹部が疼く。

そこを彼のたくましい熱杭で満たされる感覚を知っている身体は、迎え入れるために勝手に蜜を生み出す。

じんわりと濡れてしまっているのが、はっきりとわかる。これ以上したらイルゼの理性も崩壊し、引き返せなくなってしまう。

「……だめです！　本当に、こんな場所で……」

イルゼは身をよじり、うつ伏せになる。胸が弱点だから、彼から遠ざけようとしたのだ。けれどヴィルフリートは無言のままイルゼの腰骨のあたりを掴み、無理矢理引き上げた。うつ伏せで、臀部《でんぶ》を高くかかげる体勢になる。ドロワーズが中途半端に引きずり下ろされて、引っかかった布地がイルゼの自由を奪った。

「……あっ！」

容赦なく節のある指が一本、濡れそぼつ花園に突き立てられた。奥を探られるとクチュ、クチュ、と音がして、温かい蜜がしたたるのがイルゼにもわかった。

「あぁ、すごいな。こんなにほしがって……」

彼はわざとイルゼが感じている証拠を聞かせているのだ。今の状況は、ヴィルフリートではなく、イルゼが求めた結果だと正しく理解させられていく。

「う……うぅ……あ、ん。ん……」

イルゼは抵抗できない代わりに、枕をたぐり寄せて顔を埋めた。嬌声が部屋の外に漏れ出るのを少しでも防ぎたかった。

けれど布地で口を塞ぐと、余計に呼吸が苦しくなる。息苦しさは冷静な思考を奪い、朦《もう》朧《ろう》とした意識は、快楽だけを追い求めた。

「イルゼ……私がほしいか？　満たされたくはないか？」

膣を太い杭でみっちりと埋められるのがどれだけ心地よいか、イルゼはすでに知っている。ただ気持ちがいいだけではない。

交わっているときは本当にヴィルフリートがイルゼのためだけに存在しているのではないかと思えるのだ。もちろん、皇帝である彼はトドルバッハ帝国の臣民のためにある。ひとときの思い違いでも嬉しくてたまらない。

だからイルゼはコクン、コクン、と頷いて彼の言葉を肯定した。

「それではだめだ。……誰がほしい？　どうしてほしい？」

言葉にしないと彼はなにも与えないつもりなのだろう。イルゼはわずかに枕から顔を上げて、声を震わせながら懇願する。

「ヴィルフリート様がほしい……です。……ここ、いっぱいにして……」

なにを求めているのか示すため、イルゼは濡れそぼつ花園を彼に見せつける姿勢になった。はしたない行動をしている自覚はあって、羞恥心でその身が震えた。

「いい子だ。……そのままの格好でいなさい」

膝に引っかかっていたドロワーズがするちと取り払われた。

衣擦《きぬず》れの音がして、彼が服を脱いでいるのがわかった。続いてほんのわずかなあいだ、室内が無音になった。

やがて硬いものが蜜道の入り口にあてがわれ、すぐに押し入ってくる。本当に猫みたいな姿勢のまま、彼は繋がろうとしているのだ。

「……あ、あぁぁっ」

指で慣らされ、たっぷり濡れていたのに彼を受け入れる一瞬は少し苦しい。けれど奥まで来てもらえたことで心が満たされる。

「いじらしい……。だが、今は少しだけ怒っているんだ……手加減など、してやれそうにない」

すぐに激しい抽送がはじまる。背後から彼に突かれると、今まで触れられた経験のない内壁の弱い場所が強く圧迫された。

「……フッ、……っ、ん！」

打擲《ちょうちゃく》音が響き渡り、聴覚までもがイルゼを追い詰める道具になった。わずかな苦しみが、だんだんと快楽に置き換わる。

こんなにたやすく感じてしまう身体が恨めしい。どんなにはしたないか理解していても、激しく穿たれる動きに抗うのは無理だ。

キュンと疼く場所が、猛々しい男根に侵されている。満たされて、また空虚になって――その繰り返しに翻弄されて、イルゼの中でなにかが爆《は》ぜた。

「──んんっ！」

　大きな声が出ないように、必死に声を押し殺しながら絶頂を迎える。あまりに早すぎる自覚があり、ヴィルフリートにこんなに淫らな身体を知られたくなかった。

　それなのに身体が大げさに震えて、膣は収斂し、受け入れているものを締めつける。

「……あぁ……、すごい……な、……くっ……！」

「……ぁ、……止まって、止まってぇ……休ませ……あぁぁっ、あぁ」

　達している最中に穿たれると、いつまでも高い場所から戻れず、過度な快楽は心地よさより恐ろしさが勝る。

　意識も身体も壊れて、なにか別の存在に造り替えられてしまいそうだった。

「……だったら次は、勝手に達くなっ、もっとだ……」

　これはイルゼが一人で気持ちよくなってしまったことへの罰なのだろうか。また大きな波が襲いかかりそうだった。

　イルゼは気を逸らしてなんとかやり過ごそうとしたが、無駄な足掻きだった。

　ヴィルフリートは彼女に一切の余裕を与えてくれない。ひたすらに弱い場所ばかりを突いて追い詰めていく。

「だめぇ、だめ……また、またなの……！　あぁっ、深いのが……来ちゃう」

「中が震えている……いいぞ、ほら……」

ギリギリまで引き抜かれた男根が一気にイルゼの最奥まで押し込まれる。ズン、という衝撃とともに、二度、三度、抽送を繰り返すとまたたやすく果てた。

「あ、あぁ……だめぇぇぇっ！」

めちゃくちゃに暴れながら、激しい絶頂を迎えた。イルゼはビクン、ビクン、と四肢を痙攣させながら寝台の上に倒れ込んだ。その動きで、ヴィルフリートとの繋がりが解かれた。

「はぁ、はぁっ……。ヴィルフリート、さま……」

「後ろから突かれるのが、……フッ、……すっかりお気に入りのようだな？」

これはきっと彼の意地悪だ。わかっていても、羞恥心はなくならない。声を抑えることも忘れ、一人で簡単に果ててしまった事実は消せないからだ。

「ちがい、ます……だって、ヴィルフリート様にされると……全部。でも、もっとくっついていたいの……」

後ろ向きでの交わりは、確かに強い快楽を得られる。けれど不安定でせつなかった。

彼に抱きしめられて、イルゼに溺れている彼の表情を見ながら二人で高みを目指したいのだ。そうすれば、快楽だけではなく多幸感で満たされるのをイルゼは知っている。

「可愛いことを言う。すまない……、私はまだなんだ。頑張れそうか？」

イルゼは静かに頷いた。彼に求められるのはイルゼの幸せだった。

「……優しくして……強くされると壊れちゃうの……」

「わかった、おいで……」

すると彼は、イルゼを持ち上げて、向かい合わせで膝の上に座るように促した。

イルゼがふらつきながらそれに従うと、彼はまだそそり立ったままの熱杭を蜜口に押しあてた。

場所を示しただけで、彼はなにもしない。腰を落として自分の意思でそれを受け入れろ、という意味だった。

つい先ほどまでその昂りを中に受け入れていたはずなのに、自らの意思でくわえ込むのは少し怖い。それでもイルゼは、ヴィルフリートがまだ達していないのだからと言い聞かせて、恐る恐るそそり立つ竿を呑み込んでいく。

「ゆっくりでいいから、動いてみなさい」

命令されると抗えない。彼に望まれているのが嬉しくて仕方がない。イルゼはヴィルフリートの肩に手をかけて、膝を使ってゆるゆると身体を上下させていく。

「気持ちよくなれる場所を探してごらん」

「……はい、……あっ」

本当は探すまでもなくわかっている。ヴィルフリートに散々教えてもらったのだから。

自重で根元まで熱杭を呑み込むと、最奥が圧迫される。けれど、一人で果ててしまうのを警戒して、加減をするほかない。

ヴィルフリートにされて気持ちよくなるのはまだいいが、自分で動いて勝手に気持ちよくなるのは、とてもはしたない気がして抵抗感がある。

「ヴィルフリートさ、ま……んっ、気持ちいい……？」

「あぁ、心地よい。……でも違うだろう？　私はそんなふうに教えていない」

ヴィルフリートがイルゼの腰を摑んで逃げられないようにしてから、下からの突き上げをはじめた。彼の青い瞳があやしく光り、イルゼの手抜きを咎めた。

「あ、あぁっ、あぁ……やっ、だめぇ！」

「ほら！　知っているか？　本気で感じているときの君は、鎖骨のあたりまで真っ赤になるんだ」

イルゼはもう彼の言葉には反応できなかった。首の裏あたりに腕を回して、ギュッと抱きつく。優しくしてくれると約束したはずなのに、嘘だった。

やはり彼は怒っているのだ。イルゼが勝手に出ていったからいらだって、彼女が誰のものなのかを徹底的に教え込むつもりに違いない。

奥を穿たれるたびに、小さな波がひっきりなしに襲ってくる。もういつ果てているのかもわからないほど翻弄された。

腰のあたりがとろけて、ヴィルフリートの一部になってしまったみたいだった。

「……あぁっ、気持ちいい……好き、好き……」

「なにが……？　こうやって交わるのが、そんなに好きなのか？」

「ヴィルフリート様、が……好き……。あ……、また。一緒に、一緒に……」

快楽と一緒に感情が爆ぜそうになる。

「ああ、私ももう……達きそうだ……」

「達きそう……あぁ、大きいのが……来ちゃ……あぁぁぁっ！」

彼がイルゼの中できちんと感じてくれているのだとわかった瞬間、これまでより強い波が襲ってきた。イルゼは背中を仰け反らせながら盛大に果てる。膣がヴィルフリートの男根を締めつけて、彼の精をほしがった。

「……イルゼ。あぁ、……っ！」

何度目かの突き上げのあと、彼はイルゼの奥に熱いほとばしりを吐き出した。ドクン、ドクン、と脈打って、中を満たそうとする。

イルゼは彼の胸にもたれて、荒い呼吸を繰り返す。ヴィルフリートもしっとりと汗をかき、胸を上下させている。

ヴィルフリートはズルリと男根を引き抜くのと同時に、イルゼを寝台に寝かせた。それから労りの口づけをして、髪を撫でてくれる。

「無理をさせてしまったな」

経験が浅いイルゼには、激しすぎる交わりだった。脚がガクガクとなってもう立ち上がることが困難だ。それを察したヴィルフリートがイルゼの身を拭き清めて、ナイトウェアも着せてくれた。

まるで病人みたいだった。彼はトドルバッハ帝国の皇帝であり、誰かの世話をする立場ではない。

だからここにいるのは皇帝ではなく、イルゼの愛しい人なのだろう。

毛布を肩までかけたあと、彼は寝台の端に座りイルゼに瞳を閉じるように促した。

まぶたに温かく大きな手がそっとあてられる。それだけで安心して、目の奥がじんわりと熱くなった。

「早く休んだほうがいいだろう。おやすみ、イルゼ」

また頭を撫でてくれる。猫みたいだと言われても認めざるを得ないほど、イルゼはそれが好きだった。

「あとほんの少しだけ……、そうやっていてください。お願い、ヴィルフリート様」

眠るまで、どうかそのままで。そんなわがままも婚約者に対してなら許される。

「君は時々……いや、いつもか？　私をだめな男にする。ここは颯爽《さっそう》と立ち去るべきだったのだが？　それ以前に、抱くつもりなどなかったのに！　……可愛すぎるのが悪いんだ。すべて君が悪い」

ぶつぶつと悪態をつきながら、彼はどこまでも優しい。

「私……もっと頑張ります。あなたとあなたの大切な方を守るために……」

「だったら君は、くれぐれも自分を大切にしてくれ……頼むから」

ヴィルフリートの大切な人の中にはイルゼが含まれている。嬉しいという思いを伝えたくても、もう唇が動かない。

最初から疲労が溜《た》まっていたのに、ヴィルフリートにとどめを刺されてしまったのだから仕方がない。

もっと彼のぬくもりを感じていたかったのに抗えず、イルゼは眠りについた。

◇　◇　◇

ヴィルフリートが密《ひそ》かに伯爵邸を訪れた理由は、フェリクスに行方不明者の捜索という任務を正式に与えるためだった。

敵に繋がりを悟らせないため、イルゼは彼とは一切連絡を取っていなかった。それなのにヴィルフリートはイルゼとフェリクスがどんな状況にあるのか、すべてを察していたようだった。

あの夜、忍んでやってきたヴィルフリートに対し、フェリクスは細かな状況説明を行った。その場で命令書を受け取り、敵の拠点を見つけたときには踏み込む権限が与えられている。

それでもなお、査問会前日になってもスザンナの息子一家の行方は摑めないままだった。

「お兄様、お帰りなさい」

夕方になり、フェリクスは疲れた表情で屋敷に戻ってきた。それでこの日も成果を得られなかったのだとイルゼも察した。

「不甲斐ない！」

普段は温和な青年が、柱に拳を突きつけてやるせない鬱憤を紛らわす。昨日まではまだ時間があると前向きでいられたイルゼだが、今日はもう気の利いた言葉をかけられなかった。

そのとき、エントランスホールのドアノッカーが響いた。大事な時期であるため、来客の予定などないはずなのに。

すぐに伯爵家の家令が応対するが、扉の外にチラリと見えたのは、イルゼの知っている人物の姿だった。栗色の髪の愛らしい令嬢——ラウレンツの現、婚約者だ。

「ジョゼット様?」

『イルゼ様、急に押しかけてきて申し訳ありません。ラウレンツ様が今日はお忙しいらしく、その隙を狙って出てきたのです』

なにか違和感のあるいい方だった。まるでラウレンツに自由を制限されていると言っているみたいだからだ。

『黙ってこちらにいらっしゃったのですか?』

『ええ。……どうしてもあなたにおうかがいしたいことがあるんです』

前回会ったときは、思わず守ってあげたくなるか弱い印象の女性だった。今日は少し違う。可憐《かれん》な印象はそのままだが、強い決意のようななにかが見て取れた。

『わかりました』

ジョゼットの話を聞くよりも、フェリクスとあと半日でできることを話し合うべきなのかもしれない。ただ、ジョゼットがあまりに真剣だったため、彼女を突き放すことがどうしてもできなかった。

そのまま応接室まで案内する。

『お話とは？』

『イルゼ様とラウレンツ様が婚約されていたのは本当ですか？　わたくしは、ラウレンツ様に婚約者がいらっしゃることは知っていました。ですが、とても悪い方だと……。でも、イルゼ様はわたくしに優しくしてくださって……、そんな方だとは思えなくて……』

ジョゼットは、ラウレンツとの出会いについて詳しく聞かせてくれた。

ラウレンツは外交官としてバレーヌ国へ赴任し、職務上、よく顔を合わせる機会の多かったジョゼットの兄と親しくなった。やがてその関係で、ジョゼットとも交流を持つようになった。

そんなラウレンツは時々浮かない表情をしていた。ジョゼットが心配したずねると、形ばかりの婚約者が不貞を働いているという報告があったのだという。

彼女は外国にいるラウレンツに手紙の一つもよこさない。ラウレンツに届くのは、婚約者が不在なのをいいことに、男遊びに興じる悪女の噂のみだった。

不幸なラウレンツの悩みを聞いているうちに、ジョゼットは彼を支えてあげたいと考えるようになった。

そしてラウレンツは、悪女との婚約が解消されたらジョゼットを帝国に呼び寄せるという約束をして、帰国したのだという。

『手紙の件も、不貞も、すべて嘘ですよ。……それについてはすぐに証拠が出せます。ラウレンツ様に関するものは、念のため保管していますから』

素っ気ないものだったが、ラウレンツとの手紙のやり取りはあった。

思い入れがあるからではなく、またなにか言いがかりをつけられたときに、どんなものが証拠になるかわからないから保管しているのだ。

イルゼが出した手紙が残っているかは知らないが、片方の手紙を読むだけで一方的なやり取りではないのはわかる。

たとえば、『先日の手紙で、君は兄君と観劇に行ったと書いてあったけれど』というような、イルゼが手紙を送っていないと意味が通らない文があるのだ。

イルゼは使用人に頼んで、すぐにそれらを持ってこさせた。帝国標準語が苦手なジョゼットだが、話すことより読むことや聞き取ることのほうが得意であるらしい。

ラウレンツの手紙を広げながらイルゼは説明し、読み上げる。するとジョゼットの顔色がたちまち悪くなった。

『……ラウレンツ様の文字です……。それにサインも……。あの方は、悪い人なのでしょうか？　不誠実で嘘つきなのでしょうか……？』

ジョゼットが聞きたがったので、イルゼは婚約破棄に関する一連の騒動を彼女に聞かせた。言葉ではどうしても主観が入ってしまう。だから、法律家の立ち会いで作成された文書などを提示しながら、淡々と説明していった。

『ラウレンツ様が善なのか悪なのか、それはわかりません。だって、たとえば私にとっての悪い人が、ジョゼット様にとっての悪い人とは限りませんから』

『ですが……』

『ラウレンツ様は、真実の愛に目覚めたとおっしゃっていました。……彼の価値観では、祖父が勝手に決めた結婚相手は邪魔者で、本当に心を通わせた女性とともにあることが正しいのではないでしょうか？　そんな物語はたくさんあるでしょう？』

物語でも歌劇でも、愛する心のほうが正義であり、政略結婚の相手は二人を引き裂く邪魔者として扱われるのではないか。

もちろん無実の相手を貶めるための嘘が許されるはずはないのだが。

イルゼにとってラウレンツやグートシュタイン侯爵家は排除すべき相手であり、今もそのために動いている。そんな中で、ジョゼットに強い忠告ができないイルゼもまた、誠実な人間とは言えない。

イルゼが言えるのは、ラウレンツがジョゼットにとってよき婚約者かどうかに限っては、ジョゼットにしかわからないということだけだ。

『わからないのです。……帝国の社交界に出るのはまだ早い、もっとこの国や言葉に慣れてからでないと君が恥をかいてしまう……その言葉がわたくしのためだったのか、噂が沈静化するまでの保身のためだったのか』

おそらくは、後者だろう。イルゼから見るとラウレンツは自分の利益のために動いているときでさえ、他者からの賞賛を求めている気がしていた。

イルゼへの新たな縁談の件がいい例だ。自分のためにイルゼを追い出したいという動機から提案した縁談だが、イルゼが感謝するはずだと本気で考えている節がある。

『それに、イルゼ様……。彼の真実の愛はいくつもあるかもしれないんです』

『どうしてそうお考えなのですか？』

『もう浮気をしているのかもしれません。最近、新しく屋敷を買ったはずなんです。新婚のうちは夫婦二人だけで過ごしたいと言っていて、わたくし好みの改装をしていいとおっしゃっていたのに、……いつまで経っても案内すらしてくれないんです。……それなのにご自分だけ新居に通っている気配があって』

購入したはずの新居にいつまでも連れていってもらえない。それでジョゼットは、すでにラウレンツの心は離れてしまっていて、その屋敷に愛人を住まわせているのかもしれないと疑っているのだ。

ラウレンツがジョゼットに愛を告げたのは、イルゼとの婚約中だ。ジョゼットは同じように、自分も彼に捨てられる日が来るのかもしれないと不安なのだろう。

「まさか……！」

動揺したイルゼは、思わず帝国標準語で叫んでいた。

驚いたのはラウレンツが愛人を住まわせているかもしれないという部分ではない。イルゼたちが把握していない屋敷があるという部分だ。

中立を主張しているが、グートシュタイン侯爵家がゲオルクに加担しているのは一目瞭然だった。もちろん、ゲオルクとグートシュタイン侯爵家所有の建物は真っ先に調査が入っているのだが、イルゼの調査では都近郊に別邸があるという情報は得られなかった。

『どうかされたのですか？　顔色がお悪いようです』

『ジョゼット様！　その新居――つまり別邸はどちらにあるのですか？』

これから愛する新妻と暮らすために購入した屋敷に、人質を監禁することなどありえるのだろうか。わからないが、今はわずかでも可能性があるのならそれにすがりつくしかない状況だ。

『詳しくは知りません。ただ三番街の川沿いにある屋敷だとしか……』

三番街は宮廷からは少し離れているが、そのぶん静かで貴族や商人の屋敷が多くある地域だ。

とくに川沿いの建物は景観がすばらしいということで人気がある。侯爵子息のラウレンツが、新婚のあいだ暮らす屋敷としてはふさわしいのかもしれない。

ラウレンツがすでにジョゼットへの興味を失っているというのは考えにくい。

自分だけが新居に通う可能性として考えられるのはなんだろうか。ジョゼットを驚かせるために改築をしている可能性はあるかもしれない。けれど、国家を揺るがすはかりごとの最中に、そんなものにかまけているのはおかしい。

スザンナの息子一家が囚われているのは、都の周辺である可能性が高い。幼い子供がいるのなら、宿の一室など、狭い場所に長期間というのは無理だ。

ゲオルク一派の誰かが所有する建物で、イルゼたちが把握できていなかった場所。さらに、ラウレンツが頻繁に訪れている場所。

これらは、フェリクスの推測とすべての条件が合致する。イルゼはその屋敷こそ、探し求めていた場所ではないのだろうかと予想して、行動に出た。

第五章　皇帝の理想の花嫁

ヴィルフリートの目の前で行われているのは茶番だった。

宮廷内の一室は、彼を裁くための法廷のようだった。

証人として立っているのは、頬がこけていて不健康そうな元近衛兵。かつては美丈夫だったというが、年齢以上に老いており、ヴィルフリートと似ているのは髪と瞳の色だけだ。金髪碧眼など、この国ではさしてめずらしいものではないというのに。

男の横には、先ほどから異母弟を追い落とそうと熱弁を振るうゲオルクがいる。

もう一人の証人スザンナは、ヴィルフリートやマリアンネのほうを見ようともしない。

中立を自称するラウレンツに促され、小声で証言をするので精一杯だ。

「このように、彼は三十年前から時々日記を書いていた。状況証拠としては十分であろう？」

広い部屋の中には、大臣や高位の文官が集まり、成り行きを見守っている。ゲオルクは彼らに日記を見せつけるようにしながら語りかける。

古びた日記帳は本当に三十年前から書かれていたものか、甚だ疑わしい。紙など、日光に長時間あてれば黄ばみ、インクは薄れるものだから。

「恐れながらゲオルク殿下。その日記が、ねつ造ではないという証拠はあるのですか？」

ヴィルフリートに代わり、アンブロスが問いかける。

「なにを言う！　このスザンナという侍女が認めているではないか」

カサンドラに仕え、今でもヴィルフリートに近い立場のスザンナの証言は、確かに重要だ。けれどヴィルフリートには絶対に勝てる自信があった。

おそらくゲオルクは、先代皇帝や妃の公的記録が保管期限を終えて処分されたという偽の情報を得て、行動を起こした。つまり、男の証言に自信がないのだ。

本当は処分されたという噂を流しただけで、保管期限の過ぎた資料はこの場ですぐに見せられるように準備してある。

カサンドラは積極的に公務を行い、丸一日なんの記録もない日はほとんどなかった。

日記がねつ造ならば、三十年近く前の公的な記録との矛盾が必ず生じるはず。だからヴィルフリートはなるべく多くの証言をさせたあと、その信憑性を覆す証拠を提示するだけでよかった。

問題はスザンナだ。できれば彼女にはなにも証言してほしくないとヴィルフリートは願っていた。けれどそれは叶わない。ゲオルクとラウレンツに促され、彼女は真っ青な顔をして口を開いた。

「先ほど日記を拝見いたしましたが、この方の証言と私の記憶は矛盾しません。私はカサンドラ様に頼まれて、何度も密会の手はずを整えております」

この査問会では、偽りの答弁をしないように誓約が求められている。

（間に合わなかったか……）

これではゲオルクたちを断罪すると、スザンナも罪から逃れられなくなってしまう。

むしろ、ゲオルクが元近衛兵とスザンナの言葉を信じ、騙された被害者だという言い逃れをする可能性もあった。

スザンナがゲオルクに脅されていたという証拠を提示できなければ、皇帝であっても彼女を助けるのは不可能だ。

「お話し合いの最中、失礼いたします」

そのとき、査問会の会場の外から女性の声で呼びかけがあった。

「イルゼか！　入室を許可する」

すぐに扉が開かれる。彼女の凛とした表情を見て、これは大丈夫だとヴィルフリートは確信した。

イルゼに続いてフェリクスとスザンナの息子も姿を見せる。ヴィルフリートにとって乳兄弟にあたる青年は、少々やつれていたがしっかりとした足取りだった。

「証人を連れて参りました」

「証人だと⁉　今更なにを。私は認めんぞ！」

ゲオルクが叫ぶ。イルゼでもフェリクスでもなく、囚われていた青年だけをにらみながら。

「私が許した。……我が乳母であったスザンナは、脅されていた可能性が高かった。そして調査の結果、息子一家が都へ向かったまま行方不明になっていることが判明した。私はそこにいるフェリクス殿に行方不明者の捜索を命じている。……フェリクス殿、報告を」

「はい、陛下。私は行方不明となっていた一家の足取りを追っていたところ、とある屋敷で囚われているという匿名の情報を得て、その場所に踏み込みました。そこで軟禁状態にあった一家の保護と監視役の捕縛に成功しております」

ヴィルフリートはチラリとラウレンツに視線を泳がす。彼は唇をピクピクと痙攣させながら、額に汗をにじませていた。とある屋敷に心あたりでもあるのだろう。

「久しいな。怪我はないか？」

ヴィルフリートは乳兄弟に語りかけた。

「はい。私も家族も、無事でございます。……不覚にも、陛下の廃位をくわだてる者たちに囚われてしまいましたことをお詫びいたします」

青年が神妙な面持ちで無事を報告すると、スザンナが駆け寄って青年に抱きついた。

「あぁ……よかった！　よかった……」

「母さん……心配をかけてすまない。子供たちも無事だから」

スザンナが涙を流している。乳母の涙を見たのは、生まれてから多くの時間を共にしているはずのヴィルフリートですらはじめてだ。

「スザンナ。そなたの家族は無事に救出されたが、証言を覆す気はあるか？」

問いを受けて、スザンナは一度大きく息を吐いた。涙を拭ってから、ヴィルフリートのほうへ向き直る。

「はい、陛下。私は、嘘を申し上げました。その男の日記は、私の記憶をもとに最近になってねつ造されたものです。ですが、せめてもの抵抗として、虚偽だと調べがつきそうな日付を混ぜております」

ああ、やはり。というのがヴィルフリートの感想だった。

スザンナは息子一家の救出が間に合わなかった場合にも、この件が事実ではなく陰謀だとわからせるためにできる限りの策を考えていたのだ。

その抵抗がゲオルクたちに露見していたら、家族の命も本人の命も危ういとわかっていたのに。

「さすがに我が乳母殿は強いな。……では、アンブロス、例のものを」

「はい。こちらは、三十年前から五年分の公務に関する記録です。たとえば……そうですね。二十六年前の八月は……」

「ま、待て。公的記録の保管は二十五年だろう？　なぜそんなものがある！」

ゲオルクの動揺はあたり前だ。ヴィルフリートは保管期限を越えた記録を廃棄したという偽の情報を、わざと彼の近くにばらまいたのだから。

「保管義務が二十五年です。廃棄については、内務大臣の承認が必要ですが……大臣？ここ五年ほどで承認はされていらっしゃいますか？」

アンブロスはさらりと受け流し、内務大臣に確認を取る。

「いいえ」

「では続けます」

アンブロスは日記に記された日の記録を確認していく。

男の日記には、昼下がりに宮廷の私室に呼ばれ、そこで妃の身体を貪ったとある。けれど、同じ日の公的記録には、その日は、カサンドラは朝から郊外の孤児院へ慰問へ向かったと記されていた。帰ってきたのは夕暮れの時刻だった。

また別の日の日記には、宮廷内の薔薇の咲き誇る庭園で密会したと記されていた。記録のほうでもこの日のカサンドラは宮廷で過ごしている。

ただし、彼女が外出しなかったのは嵐が都を直撃し、公務が取りやめになったからだった。どうやって庭園で密会したというのだろう。

「……これ以上の説明は不要ですね」

淡々としたアンブロスの説明は言い訳の余地を与えない。黙って聞いていた者たちは、ゲオルクや元近衛兵を侮蔑のまなざしで見つめていた。

「違うんだ！　俺はゲオルク殿下に頼まれただけだ。……ゲオルク殿下が皇帝になったら、もう一度兵に取り立ててもらえると……」

「嘘だ！　そんな約束はしていない！」

すでに彼らの告発がねつ造だったことまでは証明された。あとは共犯同士で罪の押しつけ合いをするだけだった。

ヴィルフリートはゲオルクと対峙した。

「さて、兄上――いやゲオルク。見苦しい言い逃れはこれくらいにしてもらおうか？」

最初から仲のよい兄弟ではなかった。けれど、今からは兄弟ですらない。

「い、いや……違う。私はそこにいるグートシュタイン侯爵子息に騙されたのだ！　そなたの乳母が脅されていることも、息子一家が彼の屋敷に囚われていることも知らなかった！」

ゲオルクはもはや、ラウレンツが中立の立場であるという設定すら忘れている。保身のためにここまでの醜態をさらす男は、哀れだ。

「愚かな……」

今、ゲオルクは皆の前で決定的な一言を口にしたのだ。

「なんだと……！」

「イルゼ、説明してやれ」

実行犯はたやすく罰せられるのに、実際に手を汚さない黒幕の罪は暴かれにくい。そんな不合理は、皇帝として認められない。

イルゼとフェリクスがこの場に到着してから今まで、二人は重要なことを話さないでいる。おそらくイルゼの指示で意図的にそうしたのだ。

「はい。私の兄は陛下の命令で一家の捜索にあたりました。ですが、彼らが囚われていたのがどこであったかを口にしておりません。それが、中立を主張なさっていたグートシュタイン侯爵家所有の屋敷であることをゲオルク殿下はどうしてご存じなのでしょうか？」

それまで黙って成り行きを見守っていた臣たちが、一斉にざわめきだす。

「……くっ、それは……そんな……！」

多くの者がゲオルクの発言を耳にしている。もう言い逃れはできなかった。

「謀反人を捕らえよ」

奥の扉に控えていた近衛兵が、ヴィルフリートの合図でサッと現れる。手際よくゲオルクとラウレンツ、それから元近衛兵を拘束した。

「私が！　私が先帝の第一皇子なのだぞ⁉　私が、帝位継承者でなければおかしい！……弟のくせに！　兄である私が母親の血筋によって不当な扱いを受けてよいはずがないっ！」

だから彼は弟から帝位の正当性を奪いたかったのだ。

「結局、それが本音か……。もしそなたが少しでも臣民のためを思う心を持っていたのなら、説得力があっただろうに」

ゲオルクの言葉は残念ながらヴィルフリートの心には響かなかった。この一件で、自分なりに皇帝の資格とはなんであるのかを考えさせられ、もう答えは出ていたからだ。

抵抗むなしく、陰謀をくわだてた三人が連行されようとしていた。

『お待ちください』

開け放たれた扉の外からバレーヌ語が響く。

査問会の会場に乗り込んできたのは、ジョゼットという名のバレーヌ国の令嬢だった。

イルゼが連れてきたのだろう。

『……おおっ！　ジョゼット……。こんなところまで来てくれるとは』

拘束されたままのラウレンツが、どうにか現在の婚約者のほうへ駆け寄ろうとする。

けれど強い力で捕らえられている彼は、逃れられずにジタバタと暴れるだけだった。

するとジョゼットがつかつかと婚約者のほうへ歩み寄った。

近衛兵がヴィルフリートへ目配せをした。罪人とその婚約者が話をする時間を与えていいものか、という確認だ。

ヴィルフリートは小さく頷き、令嬢の好きなようにさせるべきという判断を伝えた。

『絶対に無実を証明してみせる！　……それまで、それまで待っていてくれないか？』

『無実……なのですか？』

『もちろんだ。私はただ、ゲオルク殿下に頼まれて客人として彼らを預かっていただけにすぎない。無実が証明できれば、きっと語学に明るく有能な私は、すぐに華やかな宮廷で活躍できるはずだ！』

結局、この男は自分を守りたいだけなのだ。

ゲオルクに協力したのは、ヴィルフリートに嫌われているせいで、宮廷内での地位を望めないと考えてのことだろう。

そして、今、保身のためにゲオルク一人の罪にしようと必死になっている。

ゲオルクも似たようなものなので、ある意味お似合いだった。

ヴィルフリートがこの男を取り立てることは、無実が証明されたとしてもありえない。

どれだけ有能であろうが、信頼できる相手でなければ選ばないというだけのこと。

それは以前にも彼に伝えたはずだった。どこまでも自分本位な男に、ヴィルフリートの声はまったく届いていなかったのだ。

真実の愛とやらで結ばれたはずのジョゼットがどう動くのか、ヴィルフリートは傍観者に徹していた。

『あなたがバレーヌ国にいるときにおっしゃっていた話は、嘘だったと知ってしまったんです。……あなたを待つことはありません』

ラウレンツは目を見開く。しばらくすると顔を真っ赤にし、憤りをあらわにした。

『私が罰を受ければ、君まで愚かな女となってしまうぞ？　故郷で恥をさらしたくないのなら、兄君に外交官としての権限を使ってもらい国外に……』

ジョゼットは騙されていたとはいえ、イルゼから婚約者を略奪したことになるのだ。バレーヌ国に戻っても、他人の男を奪った令嬢には社交界への招待状は届かない。

ラウレンツは、友好国の貴族という立場を利用して自分を救わなければ、明るい未来は望めないとして、ジョゼットを脅しているのだ。

『ばかにしないで！　兄は不出来な妹の行いのもみ消しなどいたしません。わたくしが愚かなのは事実ですから、受け入れましょう。ですが、あなたの発言は兄だけではなく二つの国をも愚弄しています……本当に、残念でなりません』

バレーヌ国の外交官がごく個人的な理由で隣国に特別な計らいを依頼する。それをトドルバッハ帝国が受け入れる――そんなことがまかりとおるとしたら両国とも腐りきっている。

令嬢はきっぱりと言い切ってから手を振りかざした。そして容赦なくラウレンツに平手打ちをした。

『別れの挨拶より、こちらのほうが適しているでしょう』

見かけよりも豪胆な令嬢だった。ラウレンツがわなわなと唇を震わせる。

『……ジョ、ジョゼット！　貴様ぁ、いつか後悔させてやる、クソ……離せ……！』

『後悔なら、もう十分にしておりますので』

そのままラウレンツは近衛兵に連行され、今度こそ査問会の会場を出ていった。

ジョゼットは会場に残る者たちを一瞥《いちべつ》してから、まっすぐにヴィルフリートのほうを向いた。

そのまま淑女の礼をする。

『寛大なるトドルバッハ皇帝、ヴィルフリート陛下。決別の機会をくださり感謝申し上げます。また、お騒がせいたしましたことをお詫び申し上げます』

『よい……。そなたもこれから大変だと思うが、そなたやそなたの兄君が帝国内にいるあいだは、不当な扱いを受けないように配慮しよう』

『ありがとうございます。帰国したあかつきには、両国の友好に寄与すべく、努力を重ねる所存です』

『それは頼もしい』

彼女にはこれから苦難が待ち構えているだろう。

けれど、これくらいしっかりしている令嬢ならば、いつか悪評を乗り越えて幸せを手にできるはずだ。ジョゼットの表情からは前向きな決意が見て取れた。

令嬢が去ると、この査問会の議題はもう残されておらず、解散の雰囲気が漂いだした。

集まった者たちは、ヴィルフリートの言葉を待っている。

「皇帝の血は、国を自由にできる権利など与えてはくれない。……生まれながらに背負わされた義務だ。私は今後も絶対にそれを忘れはしない」

常に国の繁栄を祈り、民の暮らしを守る義務がヴィルフリートにはある。だからそれを果たさない相手に負けるわけにはいかなかった。強くあり続けるのも皇帝の義務だ。

騒動が決着し、ヴィルフリートが決意を語っている隙を狙って、マリアンネとスザンナがイルゼに駆け寄った。

「イルゼ……」

「イルゼ様！」

「もう！　お二人とも苦しいです」

多くの臣が見守っている中、二人でイルゼを思いっきり抱きしめて、再会を喜び合う。

「イルゼが出ていって、どれだけ傷ついたかわかりますか？　本当にもう！」

「私はイルゼ様がルビーのイヤリングをつけて訪ねてきてくださらなかったら、心が折れていたかもしれません」

「マリアンネ様……、スザンナ様……。よかった、よかったです」

先ほどまでのイルゼは、堂々とした皇帝の伴侶にふさわしい風格があった。それが二人に抱きつかれて、ただの令嬢に戻っている。瞳を潤ませて、無防備な表情をした彼女を皆には見せたくないとヴィルフリートはつい思ってしまう。

「あの、陛下……。お顔が怖いのですが……」

アンブロスが指摘する。

あたり前だった。ヴィルフリートと近い将来の妃であるイルゼが、協力し困難を乗り越えたというのが、今の状況だ。

彼女と抱擁を交わすのは、まずヴィルフリートでなければならない。それなのに、図々《ずう》しくも横取りした妹と乳母、それから応じてしまうイルゼにも腹が立っていた。

ヴィルフリートはつかつかと三人に歩み寄り、イルゼの腰をグッと引き寄せた。

「……ヴィルフリート様？」

「君はなにをしているのだ？」

「申し訳ありません。査問会はまだ閉会していませんでしたね」

聡《さと》いくせに、恋愛のこととなると妙に鈍感だ。そんなところが憎たらしくて、だからつい困らせてやりたくなる。すべてイルゼが可愛らしいから悪いのだとヴィルフリートは開き直っている。

「もう閉会だ。それはいい……。私が言いたいのは、君はまず私に駆け寄って互いの無事を確かめ合うべきということだ」

まだ臣たちが留まっている中で、ヴィルフリートはむしろ積極的に見せつけるようにしながら、イルゼを強く抱きしめる。

それだけでは足りない。艶のあるブルネットの髪に唇を落とし、彼女が自分のものなのだと周囲に知らしめたくてたまらなかった。

「私の妃は賢くてすばらしい女性だが、恥ずかしがり屋で意地っ張りで……じつは甘えん坊で可愛くて仕方がない……どうしてくれようか?」

これがただ美しいだけの妃だったら、ヴィルフリートは愚かな皇帝になってしまう。けれど彼女は皇帝の助けとなる賢い妃だ。この場に残る臣は皆、彼女の堂々とした答弁に感銘を受けたはずだ。

そんな彼女が相手だからこそ、ヴィルフリートがどれだけ妃を溺愛しようが、誰も文句など言わないだろう。

「まだ……妃ではありません。人前では……離してください!」

「わかった。ならば二人きりになろう」

「今は嫌です!」

だったら、今でなければいいのだろうか——それをたずねると顔を真っ赤にして拒絶す

るのがわかっていたヴィルフリートは、仕方なく、事後処理をはじめることにした。

査問会の開始時刻に合わせて、ゲオルクの暮らす宮や、グートシュタイン侯爵邸には捜索が入る手はずになっていた。追加して、侯爵家の別邸にも兵を向かわせる必要がある。

罪人を捕まえても、それで終わりではないのだ。

◇◇◇

その日、イルゼは伯爵邸には帰れなかった。

「絶対に帰さない。……もし帰ったら、追いかけて今日はもう執務をしない」

駄々《だだ》っ子《こ》の脅迫だった。ヴィルフリートは出会った日からイルゼにだけは理不尽に思えるほど強引だ。

「ヴィルフリート様……。査問会でのすばらしい決意表明はどうされたのですか？」

彼はつい先ほど、皇帝としての義務を果たし続けるという宣言をしたばかりだ。それなのに、さっそく午後の執務をサボろうとするのだから、聞いてあきれる。

「真面目な話なのだが、君のおかげで執務が捗《はかど》る。それで生み出された時間はすべて君のために使いたい。なにか間違っているのだろうか？」

「ヴィルフリート様ったら」

彼は妃に溺れ、執務を疎《おろそ》かにする愚か者ではなかった。そんなふうに言われたら、イルゼはヴィルフリートの願いを叶えたくなってしまう。

イルゼがはにかむと、ヴィルフリートは顔を近づけて、耳元でささやく。

「今夜は君の部屋で過ごす。……意味はわかるな？」

イルゼはコクン、と頷いたあとに真っ赤な顔を隠すためうつむいた。今夜、彼はイルゼを抱くのだろう。

そんなふうに宣言をされてから閨事をするのははじめてだ。妙に意識してしまい、落ち着かなくなってしまった。

夜になると、どうしてシンプルな下着やナイトウェアしか用意していなかったのだろうかと後悔した。イルゼにできる準備は、とにかく念入りに身を清めることだけだった。

そして就寝前に、本当にヴィルフリートがやってきた。ゆったりとしたシャツの上にガウンを羽織ったくつろいだ服装だった。彼も入浴を済ませてきたのだろう。いつもより髪が乱れていて、無防備だ。

「私の顔になにかついているか？」

「いいえ……」

ただ見とれていただけだ。ヴィルフリートが余計な質問をしたせいで、それ以上見つめていられなくなってしまう。

「……フッ」

言葉にしなくても、なんでもお見通しだとイルゼをからかっている。彼に意地悪をされると胸がギュッ、と締めつけられる。けれど、傷ついたわけではなかった。ヴィルフリートの言動にはいつもイルゼに対する優しさが前提にあるから。

彼はソファに座ると、ポンポンと膝を叩《たた》いてイルゼの座る場所を示した。

恐れ多いし、重たいはずなので遠慮したいイルゼだったが、同時に甘えたい気持ちもあった。

ためらいがちにちょこんと座ってみると、腰にがっつり腕が絡んで、引き寄せられる。たくましい胸にもたれるのは心地よい。彼のもとに戻ってくるために、今まで懸命に努力したのだと自覚した。

「ヴィルフリート様、ほめて……」

査問会の終わりにも彼はイルゼをほめ称《たた》えた。あのときは多くの人が聞いていたから、きちんと頭に入ってこなかったのだ。

「あぁ」

彼はイルゼの頭に軽く手をあてて、撫でてくれる。ほしかったのは言葉ではなかったのだと思い知らされる。

「……よかった。ヴィルフリート様がご無事で……あなたの尊厳が踏みにじられなくて……本当に、本当に……」

ヴィルフリートはきっと、ただの青年の部分を認めてくれる伴侶を求めている。

それでもイルゼは思う。彼は生まれながらにして皇帝となるのが定められた人であり、どうしても切り離せないのだと。

皇帝としてのプライドを失うとき、きっと彼の心は死んでしまう。だからイルゼはどうしても守りたかったのだ。

「離れているあいだも、君の心は私のものだと信じ続けていた。……それでも足りなかった。ぬくもりも声も、イルゼのすべては私の近くにあるべきだ。もう……離れるな」

「はい、私はずっとヴィルフリート様のおそばに」

頭を撫でていた手がピタリと止まる。それが合図になって、どちらかともなく唇を重ねた。重ねるだけで感情があふれ出しそうになる。嬉しくて、幸せで、ずっとこうしていたいと思わせた。

ヴィルフリートの厚みのある舌がイルゼの口内に入ってくる。舌が絡み合い、弱い頬の内側を探られる。吐息がかかるのも彼が興奮している証だ。

このまま食べられてしまうのではないかと心配になるほど激しい口づけだった。

けれど恐ろしくはない。たとえば痛みを与えられたとしても、ヴィルフリートのすることならば、すべて受け入れたいと思うくらい、イルゼは彼だけのために存在している気がした。

キスと同時に布の上からまろやかな胸の形を探られた。絹のナイトウェアは身体の線を隠してくれない。柔らかく揉みしだかれるとすぐに頂が硬くしこる。ヴィルフリートの指先がそれを見つけて、執拗《しつよう》にこね回していく。

「……ふぁっ、……ん」

強い刺激に耐えきれず、唇が離れてしまう。イルゼは欲張りで、ヴィルフリートともっと口づけをしていたかった。だから自ら進んで顔を寄せ、再び唇を重ねようとした。

「このますぐに抱かれたい？　それとも、寝台で激しくされたい……？」

ボソリと低い声が問いかける。

そんな聞き方は卑怯だった。どちらを選んでもイルゼがどうしようもなく彼を求めていると認める答えになってしまう。嘘ではないのに、恥ずかしくてごまかしたかった。

「……座っていられないの。だから寝台がいい、です」

口づけをしているだけで、腰のあたりがとろけてしまうのだ。だから柔らかな寝台の上で交わりたかった。決して、激しくされたいわけではない。イルゼは優しいヴィルフリートが好きなのだから。

ヴィルフリートはイルゼの返事に不満そうな顔をする。それでもすぐに彼女を抱き上げて、寝台まで運んでくれた。

ヴィルフリートのたくましさを感じると、胸がキュンとなる。

イルゼとはまったく違うその身体に、これから翻弄されて、めちゃくちゃに愛されるのを知っているからだ。

寝台に身を委ねると、すぐにヴィルフリートが覆い被さってくる。

まずはナイトウェア越しからでもツンと立ち上がっていることがわかる胸の頂を摘ままれた。軽く転がすようにされると、むず痒《がゆ》くて、けれどもっとしてほしくてたまらなくなっていく。

「……あぁっ、……いい」

早く邪魔な布地を取り払ってほしいのに、そんなはしたない願いは到底口にできない。

真っ白な絹にシミができるのもいとわずに、ヴィルフリートは片方の頂をパクリと食べた。硬い歯と柔い舌の感覚に翻弄され、それだけでイルゼの息が上がりはじめた。

「どうされたい？　言ってみるといい」

ヴィルフリートのほうがイルゼの身体をよくわかっているのに、また意地悪だった。

こんなときの彼は、イルゼが淫らな願いを口にすることを望んでいる。わざと愛撫の手をゆるめて中途半端に翻弄して、イルゼを操ろうとしているのだ。

悔しくても、彼は競い合いをする相手ではないから反論はできない。喜びを分かち合う相手だからこそ、たちが悪い。

「ヴィルフリート様……！　いっぱいさわって、……舐めてほしいの……」

イルゼはついに耐えきれなくなって、懇願した。はしたないおねだりを口にしたせいで羞恥心は限界を超えてしまった。

酒を飲んだときのようにうっとりとして、思考が鈍くなる。それなのに快楽だけはより鮮明に感じることができた。

胸のあたりを覆う布が無理矢理ずらされた。白くシミのない肌があらわになる。胸の頂はヴィルフリートのいたずらのせいで濡れていて、腫れぼったく、普段より赤みが強くなっていた。それでも物足りなかった。

「そういえば、最初からこれがお気に入りだったな」

先端を指で弾《はじ》くように弄びながら、彼が言った。

「……いや、言わないで……ひっ、あぁ」

そこに触れられるだけでお腹の中がせつなくて仕方がない。気持ちがいいのに、これは淫らな遊戯のはじまりでしかないと知っていた。

「痕がつくくらい……いっぱい……して……」

イルゼが上手におねだりをすると、ヴィルフリートは望みどおり柔肌に口づけをしていった。両手で円を描くようにこね回されながら、舌先でつつかれて、予告なく吸い上げられる。

二つの突起は痛いほど硬くなり、もう触れられただけでどうにかなりそうだった。

肌のあちらこちらに花びらのような痕が浮かぶ。今晩愛した証拠を、彼はこうやって残していくつもりなのだ。

「ヴィルフリート様……気持ちいい……です。とても……」

イルゼの息が絶え絶えになるほど激しく胸ばかりがいじられる。

ヴィルフリートは、すっかり乱れたイルゼのナイトウェアを取り払った。ドロワーズだけの姿になった彼女の肩を摑んで、うつ伏せにさせた。

「……だめっ！」

イルゼはすでに後ろから貫かれる経験をしている。快楽だけが襲いかかって、ヴィルフリートの顔が見えなくて、恐ろしい。

「大丈夫だ。全身に口づけをするだけだから」

さっそく背中に舌が這う。胸とは違って、そちらはくすぐったいだけだった。耐えきれず、ビクン、と身体が震える。そうしたらヴィルフリートが面白がってさらにいたずらを続けた。

「あぁ！　背中、弱い……です。くすぐったい、やだぁ。……やなの」

「くすぐったいだけ？」

イルゼが油断しているあいだに、ドロワーズの隙間から不埒な手が花園のほうへと滑り込む。クチュ、と音が聞こえたのは身体が喜んでいる証拠だった。

慎ましい花びらから蜜をすくい、最も敏感な花芽に塗りつける。

秘部から感じられるわかりやすい快楽のせいで、くすぐったいだけのはずの背中への愛撫まで、感覚が変わっていった。

「……うぅっ、あぁ。気持ちいい……」

素直に認めると、快感が増していくような気がした。

ドロワーズが引きずり下ろされる。もう一度向きを変えられて、仰向《あおむ》けでヴィルフリートと向き合った。彼はすぐにイルゼの膝の裏に手を添えて、花園がしっかりと見えるように力を加えた。

「……これは……なんだ？　いつもと違うな。花の香りをまとっている」

濡れそぼつ場所に顔を近づけて、彼は妙なことを口にした。

「香水は……つけていません……。石けん……？」

今夜こうなるとわかっていたから、念入りに身を清めている。けれどそれ以外はなにもしていないはずだった。

「だが、ここから……甘い香りがする。これでは蜜蜂を誘う花だ。私に食べられたくて仕方がなかったというわけだ？」

「そんなこと……！」

「望みどおりにしてやろう」

イルゼの望みは、身体の中で最も敏感な場所を舌や指で愛してもらうこと。

そんなふうにヴィルフリートは勝手に決めつける。口で上手なおねだりができないから、そこにわざと香水をつけて彼を誘った。ヴィルフリートはそんなふうに解釈したらしい。

「い……いや……違います。違うの……」

絶対に違うのに、ふんわりと花の香りが漂っているのは事実だ。理由が説明できないから、説得力に欠ける。

それに、敏感な場所に口づけをされるのがどれほど悦いか、イルゼはよく知っている。ヴィルフリートもわかっているからなおのこと、どんな言い訳をしても意味がない。

「あ、あぁっ、う……だ、めぇ……！　あぁ」

胸や背中への愛撫だけでは足りなかったものが与えられた気がした。身体も心も歓喜で震え、快楽がはじける瞬間を望んでいた。

「イルゼ、勝手に達くなよ。前にも教えたはず」

ボソボソと話しながらも、ヴィルフリートは指での愛撫を続けている。もうすぐそこに限界があるのに、あと一押しだけが与えてもらえない。

「だめ、身体が思いどおりに……ならな……い！　我慢できな……はっ、はぁっ」

「ならば、私にこいねがえ」

淫らな願いなど、絶対に口にしたくない、けれど言わなければ与えられない。せめてもう少しゆるやかな動きにしてくれたら、熱を逃がせるのに。

ヴィルフリートはわざと中途半端に触れ続けて、イルゼの心を追い詰めていく。

「……あぁっ、ヴィルフリート様……。私のここ……達かせて、気持ちよくして……」

指が二本に増やされる。奥から蜜がかき出されて、太ももやシーツに飛び散っているのが音だけでわかった。花芽がむき出しにされる。ザラついた舌先が一定の律動で蠢《うごめ》いて、強く吸い上げられたら限界だった。

「達く……の、あぁぁっ！」

我慢しなければならない理由がどこにも見つからなかった。貪欲で淫らな姿を見せてもヴィルフリートはイルゼを嫌いにならないという確信が、彼女の心を自由にする。くわえ込んでいる指を締めつけながら、イルゼは激しく果てた。

「私も、もう耐えられない」

絶頂の余韻で惚《ほう》けているあいだに、ヴィルフリートが服を脱ぎ、二人とも生まれたままの姿になった。

力強く均整の取れた身体が近づいてくる。これからイルゼを貫くであろう男根は、重力に逆らい上を向き、はち切れそうなほど大きくなっていた。

これを入れられたら、今度は二人で気持ちよくなれる。一方的に弄ばれるだけではなくて、彼も獣になってくれる。

イルゼは両手を広げて、早く来てほしいと促した。

ヴィルフリートは小さく笑って、応えてくれる。蜜口に猛々しい楔《くさび》が押しあてられた。

そのまま圧迫感を伴って、ヴィルフリートは一気に奥まで貫いた。

「ん、んんっ！」

指も舌も、全部が気持ちよかったのに、本当に身体を繋げるのはやはり特別だった。奥に触れられるだけで、軽く達してしまう。

もっと激しくめちゃくちゃにされてもかまわないと叫びたくなるほど、イルゼはただヴィルフリートのために存在しているような気がした。

「悦さそうだ……だが、今夜はゆっくり……」

ただゆっくり腰を進めるだけではなかった。狭い蜜道に彼の形を覚えさせるような執拗さがある。奥を突かれるのがたまらない。引かれるとせつなくて、でもすぐに戻ってきてもらえるのを覚えていて、身構えてしまう。

「あ……あぁ……、いぃ……の」

「私もだ。……君の中……絡め取られそう……ふっ」

ゆるやかな動きなのに、ヴィルフリートも苦しそうに何度も短く息を吐いている。

悠然とした態度のいつもの彼が幻のようだ。眉間にしわを寄せて、余裕がない様子の彼は色気があって、でもどこか可愛らしい。

「ヴィルフリート、さま……はぁっ、あ……うぅ」

なにかが足りない。もっと動いてほしい――絶対に彼のほうも激しい交わりを望んでいるはずなのに、わざと本気を出さないでいる。

けれど願いを口にするのは恥ずかしく、イルゼは彼の名を呼んで必死に訴えた。

「どうしたんだ。気持ちいいだろう？　……ほら、ここ……」

「あぁっ！」

ズン、と一度だけ奥が激しく穿たれた。息が詰まり、背中が勝手に仰け反った。けれどそれだけで、決定的なものを彼は与えない。

「やっ……焦らさないで……お願い……うぅ」

今夜はゆっくりと優しく抱いてくれるという態度だが、きっとヴィルフリートの意図は別にある。彼はイルゼを翻弄し、支配したいのだ。

「イルゼ」

名を呼んだだけで催促になる。どうしてほしいのか口にしないと与えてくれない。ただ組み敷かれてじっとしているだけではだめだというのだ。

「……私、もっと……奥、いっぱいにされたいの……ヴィルフリート様、お願い……」

「わかった」

ヴィルフリートは繋がったまま、半身を起こす。イルゼの膝の裏を支え、太ももが腹につくほど強く折り曲げた。彼の膝の肩にイルゼのふくらはぎのあたりが乗るが、お構いなしに動きはじめた。

身体は自然に丸まって臀部が浮き上がる。すると彼の男根がより深くまで入り込んだ。

「あ……あぁっ！　奥まで……あぁ、……はぁっ」

すぐにこれはだめだと悟る。こんなことをされたら、意識を保っていられないし、壊れてしまいそうだ。けれど、彼はもう止まってくれない。

奥まで突かれると息ができなくなるほど苦しいのに、引かれるともう一度ほしくなって、おかしくなりそうだった。

このままだとすぐに激しく達してしまうのだとわかる。

「悦い、だろう……っ、私もいいんだ……」

「あ……うぅ、悦い……の。怖いのに……あぁっ、達きそ……あぁ、あぁ――っ！」

あっけなく上り詰めたイルゼは大げさに身を震わせた。それに合わせてヴィルフリートは抽送をやめてくれる。

留まり続けている男根をギュ、と締めつけて彼に喜びを伝えた。余韻ではっきりしない思考でも、また一人で達して彼に痴態をさらしているのはきちんと理解していた。

どうしても閨事では一方的に翻弄されるだけになってしまう。それがはしたないことのように思え、イルゼの胸はせつなくなった。

「はぁっ、はぁ……」

「待ってやった。……私はまだなんだ」

イルゼが呼吸を整えながら心を落ち着かせようとしていると、またヴィルフリートが腰を揺らしはじめた。

今度はイルゼを横向きにして、片脚だけをかかげる態勢だ。

「ひゃぁっ、……こんな、の……あぁ、耐えられない」

「君が悪いんだ。……そんなに甘ったるい香りを放って、私を誘うから」

身に覚えのない香りのせいにされた。片脚だけをかかげる体勢での交わりははじめてだった。

また、今まで強く触れられたことのない場所に刺激が与えられた。膨らんだ先端が側面の壁を擦っている。イルゼはシーツをグシャグシャにしながら、身をくねらせ、どうにか快楽をやり過ごす。

けれどだめだった。ヴィルフリートは彼女が強く反応した場所を的確に突き上げて、絶頂まで導こうとする。

「イルゼ……っ、私も、そろそろだ」

何度も体位を変えて、そのたびにイルゼを押し上げて、彼女の意識が遠のきそうになったところで、ようやく彼の吐精も近づいた。

「うぅ、……あぁ、おかしくなる……！　おかしく……」

「ほら。いいから上で腰を振ってごらん？　以前に教えて、上手くできただろう？」

ヴィルフリートが下になり、イルゼを突き上げはじめた。

「あぁっ、あ……あぁ……うぅ、あっ、はぁ、はぁ」

朦朧としながらも、イルゼは彼の言葉に従い、身体を上下に動かした。身体が熱くて、ヴィルフリートの肌に汗がしたたり落ちる。

彼を絶頂まで導かなければという使命感だけで、ガクガクと震える膝を必死に使う。

「いいぞ、イルゼ。君が動くと……胸がはしたなく揺れて……とろけた表情も、最高に私の欲情を煽《あお》る。……いい眺めだ」

もう、二人とも理性を失った獣だった。ヴィルフリートが瞳をギラつかせて、好き勝手に突き上げる。イルゼも命令どおり、律儀に動いて、二人のあいだに秩序はなかった。

「また……っ。あぁっ、はっ、深いのが、あぁ！　来ちゃう」

「ふっ、……はぁ、あぁ、達っていい……ほら、達け……！」

とどめとばかりにありえない速さでの突き上げがはじまる。もう快楽のことしか考えられないほど堕《お》とされて、イルゼは激しく達した。

ほぼ同時に、ヴィルフリートも苦しそうに声を漏らしながら絶頂に至った。

彼が達したことに安堵《あんど》したイルゼはそのまま倒れ込み、硬い胸に身を預けた。ドクン、ドクン、と精が注ぎ込まれているのが伝わり、多幸感で満たされる。

「イルゼ……愛している。もう離れないでくれ」

「私も、ヴィルフリート様のおそばにずっと……離さないで……」

もうなにもかもが限界だった。イルゼは愛おしい人の胸を寝台代わりにしたままで瞳を閉じる。するとヴィルフリートが包み込むように腕を回してくれた。

こんな甘えも許されている——そう知ったイルゼは幸せな夢を見られそうだった。

◇ ◇ ◇

倦怠感《けんたいかん》を伴ってイルゼは目を覚ます。部屋の中は薄暗いが、カーテンの先がかなり明るいのはすぐに察する。

隣にヴィルフリートはいなかった。きっと執務に向かうため出ていったのだ。

一緒に朝を迎えられなかったのはイルゼとしては残念だった。けれど、疲れて眠ってしまった相手をできるだけ休ませたいという彼の優しさなのだとわかっているから、さみしさは感じない。

「イルゼ様ったら、結局帰っていらっしゃるなんて」

また続き部屋から侍女たちのおしゃべりが聞こえる。

「あなたたち、あのひどい演技に騙されるなんて信じられませんわ……。イルゼ様は融通の利かない意地っ張りなくせに情に厚い方ですから、陛下を裏切るはずがないとすぐにわかりましたわ」

おそらくは、以前イルゼのコルセットをきつくするように指示を出した元同僚の声だった。ほめているのか貶《けな》しているのかよくわからない発言だったが、イルゼはもう傷つかなかった。

「マリアンネ様も騙されていましたもの。誰が非難できまして？」

「あの方は心根が美しいから仕方がないのですわ」

「なによ！　わたくしの心がねじ曲がっているとでもおっしゃるの？」

「あら、自覚がなかったのですか？　オホホホ！」

侍女同士でも、こうやって冗談交じりの悪態を言い合っているのだ。イルゼもあのとき、逃げずに自分の思いを伝えればよかったのかもしれない。

皇帝との婚姻に興味のないふりをして抜け駆けをしたというのは侍女たちの誤解だ。けれどイルゼ自身、なぜか後ろめたく感じていて、彼女たちへの説明を怠った。

本音を言わないイルゼが彼女たちの主人として認められることなどありえない。今なら、まだ間に合うだろうか。

「まったくイルゼ様のせいで、主人の裏切りに傷つく侍女の演技を二週間も強要されました。あぁ、面倒でしたわ」

「本当に。……フフッ、だからわたくし、イルゼ様に嫌がらせをしてしまいましたの」

嫌がらせに心あたりのないイルゼはドキリとした。

「なにをされたのですか？　まったく気づきませんでした」

「あのね、イルゼ様のドロワーズに最高級の香油を垂らしておきましたの」

ドロワーズを脱いだ瞬間に花の香りがしたのは侍女の仕業だった。

「……それって嫌がらせですの？」

「フフッ、死ぬほど恥ずかしかったに違いありませんわ」

まるで昨晩の秘め事を見ていたかのような完璧な推測だった。

侍女のしたことは主人——というよりヴィルフリートに対する気遣いで済まされてしまうものだ。

「陛下は昨晩の趣向をいたく気に入られたようで、わたくしたちにご褒美をくださいました」

「まぁ、皇室御用達《ごようたし》のチョコレート！　こんなにたくさん……」

それでイルゼは気がついた。ヴィルフリートはおそらく、イルゼが自らの意思で秘部の近くに香水をつけたというのが誤解だとわかっていたのだ。でなければ侍女たちにチョコレートを贈るのはおかしい。

「トドルバッハ帝国の安寧に繋がり、わたくしたちは陛下から褒美をいただけて、嫌がらせにもなる……。しかも陛下がお認めになったのですから、イルゼ様も文句を言えないでしょう？　むしろ、感謝してほしいくらいです」

イルゼとしてはありがた迷惑だった。あの香りのせいで、必要以上に激しくされたのだ。

「では、次の作戦を！」

「わたくしは、少し大胆な下着を用意するのがいいと思います。あの方の下着、少々地味すぎますもの」

「……いいえ、大胆すぎては品がないです。むしろ陛下はいつもイルゼ様に対して『可愛い、可愛い』と連呼しているのですから、そちらの方向で考えましょう」

このままでは宮廷に出入りしている仕立屋に連絡を入れかねない。

イルゼは気だるさに屈している身体を奮い立たせ、よろよろと立ち上がろうとした。喉が渇いているし、ふくらはぎがつっぱる。

ほとんどがヴィルフリートのせいだが、扉の向こうでおしゃべりに夢中になっている侍女たちにも責任がある。

せめて、イルゼの趣味に合わないフリフリの甘い下着だけでも拒絶しなければ。

必死に足を動かすが、もつれて床の上に崩れ落ちる。

「イルゼ、なにをしているんだ？」

扉が開く音と同時に、ヴィルフリートの声がした。

「執務をされていたのではなかったのですか？」

「していたが、そろそろ起こしたほうがいいだろうと思って、君の様子を確認しに来た。……昨晩はやりすぎだったな、すまない」

彼はすぐに駆け寄ってきてイルゼを抱き上げた。軽々とソファまで運んでそのまま腰を下ろす。当然、イルゼが座っているのは彼の上だ。

ヴィルフリートの気配を察したイルゼの側仕えたちが、すました顔で現れて、朝食の用意をしてくれる。

そのあいだ、イルゼはヴィルフリートの膝の上に乗せられたままだった。

「妃に煩わされたくないとおっしゃっていましたよね？」

「今でも妃には煩わされたくない。妃というのは私とともにこの国を支える存在なのだから、邪魔をしてどうする？」

イルゼは首を傾げた。何度か迷惑をかけているのに、彼が機嫌を損ねる様子はまるでない。今日も事件の事後処理で忙しいはず。こんなところで、婚約者の世話など焼いてどうするのだろうか。

「……だが、可愛い妻には煩わされたいみたいだ」

フッ、と彼の表情が和らいだ。

「甘やかさないでください」

「それで君が堕落することはないと信じている。だから諦めろ」

テーブルの上に朝食が置かれると、彼はフォークを手にしてフルーツをイルゼに与えようとする。

この日から、ヴィルフリートの甘やかしに拍車がかかった。

イルゼにとっては、堕落しないように努めなければならない、とびきり甘い苦難の日々のはじまりだった。

エピローグ　今日も妻が可愛い

　第一皇子オスカーは、弟のカールを連れて父であるヴィルフリートの書斎を訪ねた。午後のお茶の時間を一緒に過ごす約束をしていたのだ。

　書斎にはチェスボードがあって、お茶を楽しみながら勝負をする予定になっていた。ところが時間になってもヴィルフリートは現れない。

　側仕えの者の話では、大臣との打ち合わせが長引いているとのことだった。

　ヴィルフリートは皇帝だ。帝国内で誰よりも重い責任を果たさなければならない立場だから、息子とのお茶の時間よりも執務が優先される。まだ子供のオスカーも、それは十分理解しているので文句は言わない。

　だからヴィルフリートがやってくるまで、弟とチェスで遊んでいた。

　二つ下――七歳のカールはルールをきちんと覚えきれていない。オスカーが賢明に教えようと試みるが、すぐに飽きてしまい、キョロキョロと周囲を見回している。

「なんだろう？」

弟が見つけたのは、チェスボードの横に置かれた本だった。

開いてみると、手書きの文字がびっしりと綴《つづ》られている。どうやら、誰かの日記のようだ。

「ええっと、六月十二日。おうじたち、が……ばしゃ……」

崩した文字だったせいで、カールには上手く読めない。誰かの日記であるし、日記は勝手に読んではいけないものだと知っているのに、オスカーも興味を抑えられなかった。

弟から日記を受け取って、開かれていたページの冒頭を読みはじめる。

『六月十二日。皇子たちが商人の荷馬車に隠れ、冒険に出かけようとする事件が発生した。イルゼは、彼らが宮廷の外に出ていたら、皇子の護衛や商人が罰を受けたはずという理由で、皇子たちをきつく叱った。けれど、私と二人きりになると言いすぎだったかもしれないと落ち込んで、涙を見せた。短時間であっても、息子たちが行方不明になり不安だったのだろう。私の前だけで弱い部分を見せる妻が、たまらなく愛おしく、可愛い』

『六月十五日。久々にルビーのイヤリングがイルゼの耳元で輝いている。もう結婚から十年経っている。二人の皇子の母として、真っ赤なルビーが派手ではないかと言って、最近はつけていなかったのに。私がイヤリングに気がついてほめると、彼女は頰を朱色に染めてはにかんだ。彼女の美しさは、十年経っても衰えない。二人の子を産んでもまったく損なわれず、むしろ益々《ますます》綺麗になっていく。とくにキリッとした印象の瞳が時々とろけてしまう瞬間が最高だ――つまり、今日も妻がとても可愛い』

『六月二十日……』


日記は二人の皇子の父親であるヴィルフリートのものだった。

「兄様、もういいよ。その日記、お母様が可愛い……しか書いてないんだもん！」

カールがむくれている。

皇帝としてのヴィルフリートは威厳があって、妥協も腐敗も許さない潔癖な部分もあり、近寄りがたい人という評価らしい。

母であるイルゼも、キリッとした目元が印象的な美人で、オスカーにとっては、少し――いや、かなり厳しい母親だ。少なくとも、可愛いという表現が似合う女性ではなかった。

一方で、オスカーにとって尊敬すべき皇帝であるヴィルフリートには、こんな一面がある。

プライベートな時間になると、人が変わったように妻を溺愛している、度を超えた愛妻家――というものだ。この事実は本人も認めているため、宮廷内どころか、トドルバッハ帝国全国民が知っていると言っても過言ではない。

だから、オスカーが日記を読んで抱いた感想は、普段の言動がそのまま記されているだけで、面白くないというものだった。

「いや、違うことも書いてある……あ、カールのことだ！」

オスカーは日記をめくり、弟について書かれている箇所を読み上げる。

『七月一日。今日、はじめてカールを馬に乗せてやった。明らかに馬の大きさや高さに震えているのに大丈夫だと言い張る。涙目になって虚勢を張るカールは、なんだかイルゼにそっくりで、とても可愛い。――我が子もとてつもなく可愛い』

「ほら、カールのことが可愛いんだって。よかったな」

「僕はべつにお父様に可愛いと言われて喜んだりはしないよ。賢い……とか、優しいとかだったら嬉しいけれど。それに理由がお母様に似ているから……って」

弟の機嫌はまだ直らない。オスカーは自分のことはどんなふうに書いてあるのかが気になり、さらにページをめくった。

そのとき急に扉が開く音がして、両親が書斎に入ってきた。

「待たせたな」

「お父様！　それにお母様も……」

カールがぴょんと立ち上がり、ヴィルフリートのもとへ駆け寄った。

オスカーは日記を隠そうとして途中でやめた。父の視線はもう手元の日記にあって、手遅れだとわかったからだ。

怒られるときはせめて潔く。それが幼い皇子のプライドだ。

「……ごめんなさい、日記を読んでしまいました」

おずおずと父親の前に日記を差し出す。

「あぁ、とくに隠すほどのものでもない。おまえたちがここに来るとわかっていて置いたままにした私も悪い」

オスカーから日記を受け取ったヴィルフリートは、息子たちの頭を勢いよく撫でてクシャクシャにするだけで、二人を咎めなかった。

「日記をつけておられたのですね？　知りませんでしたわ」

イルゼがヴィルフリートに問いかける。

「興味があるのか？」

「ええ」

オスカーはまだ九歳だが、この日記の内容を母が知ったら憤るだろうなと予想できるくらいには大人だった。

「ならば、聞かせよう」

こんなときの父の瞳は輝いていて、そういう瞳をしているとき、大抵母に怒られる。

案の定、父が堂々と愛情たっぷりの日記を読みはじめると母の顔がみるみるうちに赤くなって、それを隠すように下を向いた。

次に握りしめた拳を震わせる。最後は顔を上げてキッ、と恥ずかしい日記の持ち主をにらんだ。

（あーあ、こういうお母様も可愛い……って今日の日記に書くんだろうな）

思慮深い皇帝のはずなのに、プライベートになると十に満たない子供に行動が見透かされる。そんな父も、母と同じくらい可愛いのではないかとオスカーは結論づけた。

後日、オスカーはあの日の日記にはなんと書いたのか、父にたずねてみた。

するとヴィルフリートは自信ありげに机の引き出しから日記帳を取り出し、堂々と読み上げた。

『日記をつけていることがイルゼにバレてしまった。皇帝の日記は、処分し損ねると博物館に貴重な資料として収蔵されて、後世の国民に読まれてしまう可能性がある。あとになって読み返すと恥ずかしくなる内容は書くなと諭された。試しにイルゼと婚約した約十年前の日記を読んでみた。彼女の能力に興味があるなどと言いながら、じつは最初からどうしようもなく彼女に惹かれていた若かりし頃の自分は確かに恥ずかしい。——今なら一切の躊躇《ちゅうちょ》なくイルゼに愛を伝えられるのに……。それにしても、真っ赤になって恥ずかしがるイルゼは十年前とまったく変わらず、最高に可愛い』

隠すことなく母への愛を綴り、毎日言葉でも伝えている父は、やはりすごい人なのだとオスカーは思う。

だから彼はこの日、自分も大人になったら、父に負けないくらいの愛妻家になろうと心に決めた。

あとがき

こんにちは！　ヴァニラ文庫様でははじめましての日車メレです。『腹黒皇帝の意地っ張り花嫁溺愛計画』を読んでくださってありがとうございます。

普段の私はコメディ寄りのお話を書くことが多いのですが、今回はズバッと王道でロマンチックな物語を目指して書かせていただきました。ヒロインのイルゼは、ちょっと意地っ張りで恋愛に臆病な令嬢です。ヒーローのヴィルフリートは、理想的な皇帝――のはずなのですが、側近にあきれられるくらい恋愛音痴です。恋愛面のみポンコツ気味な二人が、ある目的ではじめて言葉を交わしたその日のうちに婚約し、次第に惹かれ合っていくストーリーをお楽しみいただけたら嬉しいです。

最後になりましたが、イラストを担当してくださったＫＲＮ先生、担当編集者様、編集部の皆様、そしてなにより読者様！　ありがとうございました。

日車メレ

腹黒皇帝の意地っ張り花嫁溺愛計画

Vanilla文庫

2021年6月20日　第1刷発行　定価はカバーに表示してあります

著　者　日車メレ　

装　画　KRN

発行人　鈴木幸辰

発行所　株式会社ハーパーコリンズ・ジャパン
東京都千代田区大手町1-5-1
電話　03-6269-2883（営業）
0570-008091（読者サービス係）

印刷・製本　中央精版印刷株式会社

Printed in Japan ISBN978-4-596-41688-9